5월 교내 걸게 시화전 &
동국문학인회 시화집 발간

▲ 걸개 시화전, 시화집 『혁명은 있어야겠다

▲ 5월 동국대학교 교내 시화전 개막식 후 단체사진

▲ 10월 인제도서관 퓨전 국악공연 관람

제36회 동국문학상 시상식 &
자작나무숲 시낭송회

▲ 제36회 동국문학상 수상자 박판식 시인

▲ 제36회 동국문학상 시상식 후 단체사진

해축전

및 자작나무숲 시낭송회

식 시인

: 동국문학인회   주최 : 만해축전추진위원회

▲ 2023년 10월 인제 자작나무숲 시낭송회

▲ 2023년 10월 인제 만해마을

내 안의 그
The Man Inside Me

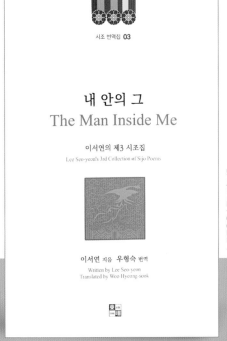

시조 번역집 03

내 안의 그
The Man Inside Me

이서연의 제3 시조집
Lee Seo-yeon's 3rd Collection of Sijo Poems

이서연 지음 우형숙 번역
Written by Lee Seo-yeon
Translated by Woo Hyeong-sook

값 12,000원 | 동경출판사

이서연 지음 • Written by Lee Seo-yeon | **우형숙** 번역 • Translated by Woo Hyeong-sook

마침내 우리 시조에 대해 세계가 눈을 뜨기 시작하였다. 이에 발맞추어 우리의 모국어에 갇혀 있던 시조가 날개를 펴고 나라 밖으로 널리 날고 있다. 이 영역시집이 바다 밖에서 널리 읽히어 우리 시조에 대한 새로운 이해와 함께 이서연 시인의 이름도 함께 빛나기를 빈다.

　　　　　　　　　　　　　　　　　　　　　　　— 이근배(시인 · 대한민국예술원 회장)

At last, people around the world started to open their eyes to our Sijo.
Accordingly, our sijo poems, which stayed only in our native language, are flying to other countries with their wings open. I'd like this book to make Lee Seo-yeon and her sijo poems well-known overseas with a new understanding of our sijo poems.

　　　　　　　— Lee Geum-bae(Poet, President of the National Academy of Arts in Korea)

파란시선
0098

홍신선
시집

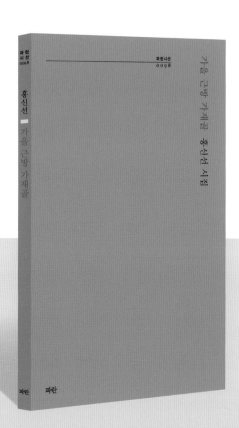

가을
근방
가재골

추사 글씨 보러 봉은사에 가끔 간다. 글자가 피카소 그림처럼 늙은이와 어린이가 같이 들어 있는 느낌이라고는 생각하고 있었지만, 오늘은 천진한 얼굴은 어디로 가고 귀기가 서려 있어 무서운 느낌이 들었다. 금박 떨어진 부분은 지금 누구누구의 몸뚱이의 티끌이 되었을까? 웬 추사 글씨 타령이냐고 독자들은 묻겠지만, 추사 글씨 좋아하는 사람이라면 꼭 읽어야 할 시집이라는 생각이 들어서다.

—박판식(시인)

홍신선의 이번 시집은 언젠가부터 두드러진 형세와 윤곽으로 나타나기 시작한 불가의 상상력이 그 전체를 아우르는 예술적 성좌의 빛살로 쏟아져 내린다. 아니, 세상의 온갖 사물들에 감춰진 광명변조의 자취를 보고 듣고 어루만지려는 심상으로 가득 채워져 있다.

—이찬(문학평론가)

가을 근방 가재골 | 홍신선 | 파란시선 0098 | (주)함께하는출판그룹파란 | 128×208 | 114쪽 | 2022년 5월 20일 발간 | 정가 10,000원

동국시집 50호

푸른
생채기

:: 발간사 :::::

화엄장 세계로 발화하는 동국문학인회

김금용(동국문학인회 회장)

〈동국문학인회〉는 지난 10월 13일 제36회 '동국문학상' 시상식을 작년에 이어 만해마을 강당에서 가졌다. 올해 수상자는 2001년 《동서문학》으로 등단, 2014년 김춘수시문학상을 받은 박판식 시인의 시집 『나는 내 인생에 시원한 구멍을 내고 싶다』로 예심과 본심을 거쳐 일 년간 출간한 회원들의 작품집 중 엄정하고도 공정하게 선정했다.

다음날인 14일 아침엔 원대리 자작나무숲에 올라가 시낭송회를 가졌다. 간간이 비는 내렸지만 자작나무들이 감싸줘서 예정대로 시낭송을 마쳤다. 젊은 국악인들의 서양악기와의 퓨전공연이 인제 도서관에서 열려 흥을 돋웠다. 일거양득 보람찬 1박 2일간의 문학 기행이었다.

〈동국문학인회〉는 작년부터 만해축전위원회로부터 예산을 받으면서 활기가 붙었다. 우선 상금이 500만 원이 된 게 시인·작가들에게 큰 격려가 되었다. 무엇보다 동국문학인이라는 자부심을 되찾을 수 있어 좋았다.

작년에 이어 올해는 초파일에 맞춰 동국대 석조관 불상 앞에서 '동국문학인회 시화전'을 펼쳤다. 한 달간 전시를 마치면서 시화집 『혁명은 있어야겠다』를 출간했다. 또한 경기도 가평군 청평면 면장의 도움을 받아 우리 시화 90점을 청평역 앞 공원에 장기 전시할 수 있었다.

올해 『동국시집』이 50회를 맞는다. 1949년 창간하여 6·25전쟁 등엔 잠정 휴간되면서도 면면히 이어져 반백 년이 된 것이다. 전문 잡지들도 50년을 채우기가 힘든데, 수익성 없고 개개인의 경력에 큰 도움 될 것이 없음에도 『동국시집』을 오늘까지 끌고 온 동국문학 선배님들의 시사랑과 시인정신에 감사드린다.

모교 교정에 서 있는 한용운 시인의 '님의 침묵' 시비가, 교과서에 실린 '알 수 없어요'가, 미당의 '눈이 부시게 푸르른 날'로 창발創發하여 눈부실 정도로 찬란한 동국 화엄장의 시 세계로 연결되어 온 게 아닌지, 이것이 동국문학 정신의 정수가 아닌지 싶다.

걱정하지 않는다. 세계 곳곳에서 이기利근에 빠진 전쟁이 끊임없지만, 우리 동국문학인들은 반딧불이처럼 어둠을 밝히는 작품을 통해 파수꾼을 자처할 것이다. 50회를 맞는 『동국시집』 발간과 함께 내년 초에 신년회 겸 총회를 열 예정이다. 동국문학인 회원님들의 적극적인 관심을 부탁드린다.

목 차

동국시집 제50호 발간 기념 전 회장단 소감

제36회 동국문학상
박판식 시집 『나는 내 인생에 시원한 구멍을 내고 싶다』

시

산
문

꽁
트

『동국시집』 50년에 부쳐

윤재웅(동국대학교 총장)

『동국시집』 50년을 축하합니다. 1960년 동국대학교 학생들은 만해 한용운 선사를 기리는 엔솔로지를 간행했는데 그 이름이 『용운시집』이었습니다. 최근 『용운시집』 2호가 발견되었는데 당시 용운문학회 지도교수였던 미당 서정주는 그 서문에 이런 글을 남깁니다.

'부디 만해 선생을 한결같이 귀감으로 해 좋은 알음과 정의를 가진 작품들을 계속해서 많이 우리들에게 낳아주길 바란다. 경자년 10월 15일, 서정주.'

이로써 1960년 당시 학생들의 창작열을 불태우던 모임 이름은 용운문학회였고, 그들이 발간한 책이 『용운시집』이라는 팩트를 확인하게 되었습니다. 이것이 모태가 되어 동국문학회와 『동국시집』으로 발전하게 되었으니 『동국시집』의 원류는 만해 한용운 선배로부터 비롯된다 할 수 있습니다.

『동국시집』은 이제 동문과 학생들이 함께 참여하는 한국문학의 대표적인 엔솔로지로 성장했습니다. 그간 헌신적으로 노력해준 선배들과 현재의 회원 및 임원진들에게 감사와 경의를 표합니다.

처음엔 습작품들이 많았으나 이제는 어엿한 작품으로서 대학 동문 문단의 우뚝한 봉우리가 되고 있으니 『동국시집』의 탄생과 그 역사는 면면약존 이어지는 동국의 자랑입니다. 『중용』에 이르기를, 흐르는 시냇물이 그침이 없는 것처럼 천도天道 또한 그침이 없다고 했습니다. 50년 역사의 『동국시집』도 아름답고 감동적인 작품들을 낳아주길 바랍니다. 계속해서, 그침이 없이.

역사와 전통은 하루아침에 이루어지지 않습니다

문선배(동국대학교 총동창회장)

동국문학의 빛나는 전통을 이어가는 동국시집 50호 발간을 축하드립니다.

한국 문단의 주류를 이루고 있는 동국 문인들의 작품을 모아서 매년 발간하는 지난한 과정이 어느덧 50호까지 이어지는 것을 보면 역사와 전통은 하루아침에 이루어지지 않는다는 것을 느낄 수 있습니다.

동국문학인회 문인들 창작의 결실인 동국시집은 동국 문학인의 자화상이면서 동국인의 자랑입니다.

특히, 만해 한용운 선사의 업적을 기리는 만해축전을 통해 동국문학상을 선정하면서 동국문학은 전기를 마련해 새로운 지평을 열어가고 있습니다.

초연결시대의 융합화로 인해 인류의 생활양식과 의식이 변하고 있지만 동국문학인회 원로 문인부터 중견급 동문 그리고 젊은 후배들의 창작이 계속되는 한 인간 내면을 밝히는 등불은 영원히 빛을 발할 것입니다.

동국인의 정체성이 동국문학과 함께 동국시집을 통해 영원하기를 기원하겠습니다.

동국문학인회 모든 문인들의 노고와 결실에 경의를 표하며 다시 한번 동국시집 50호 발간을 축하드립니다.

두 가지 기억

홍기삼(문학평론가·동국대 전임총장)

　회장을 맡았던 시절의 이야기들은 대부분 안갯속에 묻혀 희미해
지고 말았다. 그중 두 가지가 기억에 남겨져 있다.

　하나는 시화전에 얽힌 이야기들이다. 동국문학인회를 운영하자
니 적지 않은 비용이 필요했으나 쉽게 조달할 방법이 없었다. 시화
를 만들어 판매하여 그것으로 경비를 조달할 속셈이었다. 시를 고
르고 화가를 선정해서 작품을 제작하고 그것을 적절한 구매자에
게 판매한다는 계획이었는데, 말이 쉽지 구매자를 설득해서 작품
을 사게 한다는 것이 어디 쉬운 일인가. 그러나 아무튼 여러 작품
이 팔려나갔다. 어떤 교수는 내 애제자인 이왈종 화백이 그린 그림
을 탐내더니 말도 없이 가져가 버리기도 했고 과분한 값에 작품을
사준 사람들도 더러 있어서 이종대 교수가 관리하던 문학인회 통
장에는 제법 넉넉한 기금이 마련되어 수년간 그것으로 동국문학인
회의 이러저러한 비용을 충당할 수 있었다.

　또 다른 하나는 회원과 관련된 이야기다. 하루는 내가 한국을 대
표하는 중견 시인들, 작고한 정진규, 김종해, 이근배, 그리고 문정
희 시인(이밖에도 더 있었는데 기억나지 않는다)과 인사동으로 저

녁을 먹으러 간 적이 있다. 음식점의 안주인으로 보이는 뚱뚱한 부인이 나와 우리 일행에게 인사를 건넨 뒤, 신사 양반들이 우리 집엔 처음 오신 모양인데 우리 집엔 내 제자들이 여럿이 있고 그 제자들이 모두 시인이며 자기도 물론 시를 가르치는 사람이라는 것, 당신들은 시를 잘 모르겠지만 시는 좋은 것이니만큼 내 제자들을 나오게 해서 술이나 따르게 하고, 이야기도 나누면 어떻겠냐 하는 얘기였다. 나는 목숨을 걸다시피 일생을 시에 매달려온 이 나라 대표 시인들의 반응과 표정이 궁금해서 한동안 그들을 바라보았다. 너무 기가 막혔던지 다들 아무 말도 하지 않았다. 하는 수 없이 내가 그 여자를 쫓아버리고 말았다.

내 생각엔 프로란 자신의 목적에 목숨을 거는 사람이다. 목숨을 건 사람과 이 나라의 대표 시인들이 누군지도 모르는 술 따르는 애들이, 그런 아마추어들이 뒤섞여서 이 나라 문학은 뭐가 뭔지 모를 지경이 되고 말았다.

우리 동국문학인회는?

그때 느꼈던 고통이 지금도 여전히 기억에 남아있다.

한국 시의 고향 『동국시집』

문효치(시인 · 미네르바 대표)

『동국시집』 50호, 정말 축하할 일이다. 선배님들의 말을 들어보면 『동국시집』이 창간되었을 때 우리 문단의 큰 화젯거리였다고 한다. 동국의 문학이 한국문학의 본거지요 그 빛이 매우 크게 비쳤기 때문이다.

잠시 재학시절을 회상해 본다. 전국에서 모여든 문학도들이 제 나름의 기량을 뽐내며 습작, 동아리 활동 등의 열기로 가득했다. 문학을 생각하지 않고 학교에 온 이도 이 분위기에서는 저절로 문학의 길로 들어서게 된다.

"시인공화국", 이 말은 강희근 시인이 모교를 일컬은 말이다. 문학만이 인간이 할 수 있는 가장 소중한 일인 듯 가치와 의미를 부여하고 그 길로 매진하는 친구들 틈에서 나도 한 다리 끼어 열심히 공부했던 추억은 매우 소중한 심적 재산이다.

선배님들이 만든 『동국시집』을 받아보는 것은 엄청난 기쁨이요 영광이었다. 앞부분을 펼쳐 목차를 볼 때 거기에 박혀있는 광휘로운 선배 시인들 이름이 가슴 뛰게 했던, 작품 한 편 한 편을 읽으면서 감탄했던 기억이 지금도 지워지지 않고 있다. 그 끄트머리에 재학생 작품이 몇 편 오르는데 어쩌다 거기에 끼게 되면 마치 하늘을 비상하는 새처럼 날아갈 것 같은 기분이 들었다.

어찌어찌 공부하다 보니 나도 시단의 말석에 앉게 되었다. 나는 동국대 출신 시인이라는 것에 무척 큰 긍지를 가졌었다.

또 이러저러 세월이 가다 보니 나도 이 책에 작품을 올릴 수 있게 되었고 또 동국문학상도 받게 되었다. 크나큰 영광이었다. 이렇게 문학 활동에 재미를 붙이면서 살았다. 한때는 동국문학인회 회장으로 봉사할 기회도 있었는데 이때 『동국시집』을 내 손으로 만들면서 가슴 뿌듯한 행복감을 느꼈다. 동국문학상 수상자를 선발, 시상하고 또 재학생들과 문학캠프에서 토론하고 대화하면서 우리의 문학 전통의 절절함을 느낄 수 있었던 것도 큰 보람이었다.

『동국시집』 50호, 이 벅찬 기쁨을 내 생애에 맞게 된 것도 내게 안겨드는 큰 영광임에 틀림없다.

한국문학의 장강으로 도도하게 흐르기를
—『동국시집』 50호 출간을 기리며

홍신선(시인)

50호라, 세월로 따지면 반세기 시간에 해당한다. 그 시간을 한 앤솔로지가 도도하게 살아왔다. 우리 모교의 『동국시집』이 그 주인공이다. 그가 연간年刊으로 지령誌齡 50호를 맞이한다고 한다. 그 지령엔 그러나 50년 세월만 쌓여있는 게 아니다. 내가 알기로는 6.25 전란 바로 뒤 황 명, 강 민 등 여러 선배 시인들의 각별한 노력으로 첫 호가 나왔다고 한다. 그리고 보면 실은 70여 년 세월이 그 지령 속엔 앙금처럼 쟁여있는 셈이다.

그동안 『동국시집』에는 뭇 선배 시인과 재학생들의 작품이 알차게 담겨 왔다. 대부분의 앤솔로지가 그렇듯, 우리『동국시집』 역시 수록 시인들의 문학적 스타일과 그 성취를 늘 압축해 보여주곤 했다. 그런가 하면 모교가 시인공화국이란 일컬음에 손색없음을 묵시적으로 증거해 오지는 않았는가. 두루 일컫듯 개교 이래 동국대학교는 한국 근현대문학사의 큰 산맥으로 치달려 온 바 있다. 그 산맥에는 작고 큰 숱한 묏봉우리들이 있어 대간大幹으로서의 명실상부한 면모를 자랑해 왔다. 특히 해방과 6.25전란 뒤로부터는, 앞에 적은 대로, 그 대간의 일익을 저 사화집이 나름 담당해 왔다고 해도 지나친 말은 아닐 것을.

　장강은 언제나 뒷물결이 앞물결을 밀어내며 도도히 흐른다. 지나가는 앞물결보다는 뒷세대의 뒷물결이 더 크고 광활한 흐름을 이뤄 대해로 갈 마련인 것. 우리 『동국시집』도 50호 나이를 넘어 500호를, 아니 한국문학의 유구한 장강으로 흘러가기를 기대한다. 이 앤솔로지에 부디 부처님 가피加被가 있기를!!

맡기도 어렵지만 해내기도 어려운 자리

이상문(소설가)

동국문학인회 일을 맡은 것이 2009년이고, 내려놓은 것이 2010년 말이었으니, 딱 1대에 2년 간이었습니다. 안 맡으려고 이리 피하고 저리 버티다가 어쩔 수 없이 맡게 된 것입니다.

제 앞의 박재천 선배님이 3대에 6년간(2003-2008)이나 맡아 하신 것만 봐도 알 만하실 것입니다. 그것도 도저히 안 되겠다 싶었는지, 3대째 맡게 됐을 때는, 총회 결과를 회원들께 알리는 문서에, "다음 회는 이 모가 맡게 됐다"고 게재해 버린 것입니다. 이 모가 그토록 만만한 사이로 여겼던가 보지요.

그것은 분명한 가짜뉴스였습니다. 총회에서는 그 일에 대해 한마디도 없었으니까요. 하지만 4년 선배님에 한국문단의 저 윗자리에 계신 분인데 어쩌겠습니까. 이왕이면 웃는 얼굴로 받들 수밖에요.

지금도 마찬가지겠지만, 그때 일을 맡으면서도 도대체 자신이 몇 대째인지도 몰랐습니다. 『동국시집』 제10호, 제17호를 갖고 있는데, 서문을 쓰신 양주동 선생님, 후기를 쓰신 서정주 선생님의 성함은 보여도, 회장 같은 직함이 보이지 않았습니다. 아마 별도로 그런 직함을 두지 않고 운영한 듯하니, 뒤늦게 후배들이 순서를 헤아리기 뭣했던 것 같았습니다.

어떻든 자신이 맡은 일이, 해마다 책을 내고, 상을 드리고, 본행사를 하는 데 드는 품과 비용이 문제였지만, 회원들 가운데 어느 하나 만만한 이가 없어서 주의하고 신경을 써야 한다는 것이 더 문제였습니다.

맡을 때는 앞으로 적어도 두 대는 해야 할 것이라는 각오까지 했습니다. 그런데 2년 차 2010년에 송년회를 열어 『동국시집』 제30호 출판기념회와 동국문학상 시상식을 한 뒤에, 뒷풀이를 하려고 장소를 옮겼을 때 문제가 생겼습니다. 잠시 이 자리 저 자리를 찾아 이야기를 나누다 보니, 이걸 어떻게 해야 하는가 걱정이 불현듯 솟았습니다.

문제는 이근삼, 송원희, 최재복, 방원섭, 강민, 신경림, 박진섭, 조병무, 윤형두 같은 대선배님들이 송년회에 오셨다는 데서 나왔습니다. 박정희, 김문수, 천성우 선배님들도 오셨더랬습니다. 그분들이 차례로 단상에 올라서, 40년대 50년대 60년대의 동국문학을 말씀하셨는데, 이를 들은 후배들한테 새삼 큰 걱정이 생긴 것입니다. 그분들의 말씀이 곧 〈동국문학사가 한국문학사〉라는 증언이었기 때문이었습니다. 그런데 만일에 저분들이 세상을 뜨시기라도 하면 어찌 되는가? 한국문학사가 그대로 묻혀버릴 것이 아닌가 했습니다. 적어도 구체성이나 사실성을 상실하고 말지 않겠는가였습니다.

맞는 걱정이었습니다. 그래서 그 자리서 기획한 일이 『동국문학 100년사』의 발간이었습니다. 분위기가 그렇게 될 수밖에 없었습니다. 하지만 혼자서 두 가지 일을 다 하기 어렵다는 판단이었습니다. 비용이야 누구 주머니에서든 나오게 하면 될 거지만요. 이원규 형과 이 일을 협의했고, 그런 이유라면 빨리 맡아서 하겠다고 그 자리서 약속해 준 것입니다.

그 일을 하는 데에 유력 일간지의 문화부장에서 막 벗어난 이경철 형의 도움을 받아야 했습니다. 그리하여 새로 이원규 형이 맡은 2011년 동국문학회 송년회에서 『동국문학100년사』를 나눠드리게 된 것입니다. 거기서 비용도 160만 원이나 만들어 주었고요. 윤형두 선배님도 100만 원을 진작에 주셨습니다. 나머지는 알아서 노력했습니다.

무슨 일이든 맡기도 어렵지만 해내기가 더욱 어렵지요. 여기서 불교의 연기관緣起觀을 말하지 않을 수 없습니다.

힘들었지만 행복한 시간

이원규(소설가)

내가 동국문학인회 회장을 맡은 것은 2013년, 2014년이다. 문효치·홍신선 선배님을 거쳐 이제는 고인이 되신 박제천 선배님이 세 번 6년을 하고 이상문 선배님이 2년을 한 뒤였다.

"우리는 모교에서 배운 덕에 문인이 됐다. 동국문학인회를 이끄는 일은 나이 먹고 해야 할 책무이자 가장 소중한 가치이다."

국문과의 큰 어른이신 고故 강민 선배님에게서 그렇게 배운 터였다.

회장이 되고 당면한 것은 동국문학상 상금과 『동국시집』 발간비를 마련하는 일, 대략 매년 800만 원이 소요되었다. 후배 문인들 열 분에게 부회장을 맡기고 요청했다.

"내가 반액 내겠습니다. 부회장님들이 사정되는 대로 내주시고 전체 회원님들 회비 받아 충당합시다."

사무국장은 모교에 출강해 가르친 제자 작가들에게 부탁했다. 뒷날 이상문학상을 받아 최고의 작가가 된 손홍규 군이 맡기로 했으나, 갑자기 문예진흥기금을 받아 튀르키예로 떠나게 되어 박진규(필명 박생강) 작가가 맡았다. 박 군은 2005년 장편 『수상한 식

모들』로 5천만 원 고료 '문학동네 소설상'을 받고, 문예지 원고 청탁이 밀려올 때였는데 모교 사랑과 나에 대한 신의 때문에 희생해 주었다.

그때 문학인회 일에 앞장서고 기금을 내준 후배 부회장님들, 그리고 자기 시간을 희생해 동국문학인회 실무를 맡아 준 박진규 작가에게 고마운 인사를 보낸다.

『동국시집』 31호와 32호는 박제천 선배님네 문학아카데미에서 잘 만들어주셨고, 25회 동국문학상은 수필가 허정자 선배님과 후배 고명수 시인에게, 26회는 김금용 시인과 박성원 작가에게 수여했다.

아쉽고 서운한 일도 있었다. 2013년 동국문학인회 총회 겸 문학상 시상식을 모교에서 했는데 교수님들은 오지 않았다. 문예창작과와 국문과가 통합될 때 원로 선배님들 뜻을 물어 반대 표명을 했으나 소용없었다. 둘 다 내가 잘한 일인 듯한데 그리되었다.

동국문학인회 회장 2년은 힘들었지만, 행복한 기억으로 남아있다. 후배들이 빛나는 동국문학의 전통을 이어가기를 기원한다.

제36회
동국문학상 수상자

박판식 시인

시집 『나는 내 인생에 시원한 구멍을 내고 싶다』

| 약력 |

1973년 경남 함양 출생. 1999년 동국대학교 국어국문학과 졸업.

2001년 동서문학 등단.

2004년 시집 『밤의 피치카토』

2013년 시집 『나는 나와 어울리지 않는다』

2014년 김춘수 시문학상

2022년 『나는 내 인생에 시원한 구멍을 내고 싶다』

2022년 동국대학교 대학원 국어국문학 박사

제36회 동국문학상 수상작
박판식 시집 『나는 내 인생에 시원한 구멍을 내고 싶다』

삶을 가슴으로 사유하고 감각화하는 시적 성취 돋보여

본심 심사평

　2023년 동국문학상은 2022년 6월 1일부터 2023년 6월 30일까지 발간된 총 57권의 작품을 대상으로 두 차례의 예심과 최종심을 거쳐서 당선작을 선정하는 엄정한 과정을 통해 진행되었습니다. 한 해 동안 동국대학교 출신 문인 중에서 가장 작품의 우수성과 함께 뛰어난 성취를 이룬 '동문'에게 같은 동문들이 수여하는 상이라는 점에서 이 상의 명예와 의의는 각별히 특별한 것이라고 생각됩니다. 그만큼 수상자를 선정하는 과정 또한 신중하고 공정하며 또 진중한 논의와 진정성이 필요할 수밖에 없을 듯합니다.

　57권의 작품에 대한 두 차례의 예심 과정에서 본심에 올라간 5편 외에도 지난 1년간 자신만의 문학적 세계를 추구하며 창작과 집필에 최선을 다한 동문 문인 여러분들에게 심사 과정에 참여한 심사위원 모두는 자랑스러움과 더불어 깊은 경의를 표합니다.

　예심을 통과한 박판식, 양안다, 유계영, 박상영, 정지돈 등 다섯

분은 모두 최근 한국문단을 이끌어 가는 대표적인 젊은 시인, 소설가들입니다. 본심 대상이 된 이 다섯 사람의 최근 활동을 잠깐 돌아보더라도 이미 올해 동국문학상의 수준과 의미는 남다르다고 할 것 같습니다. 사실 이 다섯 사람 중 누가 최종 수상자로 결정되더라도 아무 문제가 없다는 점은 본심 위원들 모두의 공통된 생각이었습니다. 따라서 본심 대상자 다섯 사람의 우열을 논하고 수상자를 결정하는 것은 지극히 어렵기도 하거니와 또한 문학적 성취와 열정을 격려하고 기리는 상의 취지를 생각해 보면 순위를 매기는 일 자체에 본질적인 의미는 없다고 생각합니다. 오직 한 사람의 수상자를 결정해야 한다는 사실에 대한 곤혹스러움은 그래서 언제나 심사위원들의 아주 큰 짐인 것 같습니다. 올해 수상자로 선정되지 않은 네 사람 역시 언제고 다시 수상자가 될 수 있고 또 그렇게 되는 것이 당연하다고 확신합니다. 그만큼 본심 대상자 다섯 사람의 쟁쟁한 문학적 성취와 치열한 창작활동에 대해 심사위원들은 수상자의 선정에 앞서 존중과 격려의 뜻을 먼저 보냅니다.

본심 대상자 다섯 분에 대한 논의는 다양하게 거론되었지만 모두 일일이 나열하거나 작품에 대한 시시콜콜한 논평은 이 지면에다 서술하기도 어려울뿐더러, 어떤 점에서는 이미 각자 자신의 문학적 세계를 이루고 그 성취를 인정받고 있는 현역 작가들에게 그다지 필요한 일로 보이지도 않습니다. 따라서 작품에 대한 소소한 평은 생략하고 논의과정에서 주로 논의된 수상작에 대한 심사소감만을 간략히 소개하겠습니다.

박상영, 정지돈 두 작가에 대해서는 최근의 활발한 작품활동 그리고 독자들의 많은 관심 등에 대해서 주로 논의가 되었고 특히 최근 한국소설의 해외진출이나 외국에서의 관심 등을 높이 평가했습니다. 그리고 상대적으로 독자들의 관심이나 호응 등이 소설에 비해서는 적은 편이지만 여전히 꾸준한 문학적 열정으로 창작에 임하고 있는 세 시인의 시집에 대해서는 그 만큼 시적 자의식과 개성의 진정성, 열의 등에 대해 심사위원들이 많은 주목을 했습니다. 독자 대중의 주목이라는 측면과 문학적 자의식에 대한 고투라는 두 측면 중에서 심사위원들의 의견은 후자에 좀 더 의미를 두는 쪽으로 결정이 되었고 그래서 세 명의 시인에 대한 개성과 성취에 대해 심도 있는 논의를 주고받았습니다. 그리고 최종적으로 수상작은 박판식 시인의 『나는 내 인생에 시원한 구멍을 내고 싶다』(문학동네, 2022. 6. 2)로 결정하였습니다.

박판식 시인의 이번 시집은 이전의 시에서 보여준 정밀한 언어 구사력, 감정과 사유를 드러내는 긴밀한 구성력, 알레고리 사용 능력 등의 탁월함을 다시 확인할 수 있는 시집이고, 어느덧 중견 시인의 위치에 이른 시인의 성숙함 또한 잘 보여주고 있습니다. 특히, 이번 시집에는 시인으로서의 삶과 일상인으로서의 삶의 간극이 시의 저변에 깊은 갈등이나 고뇌로 감추어져 있지만 결국은 그 긴장을 삶에 대한 사유와 자기 운명의 성찰로 끌어가는 탄력으로 변주해 냄으로써 시작품 안에 압축된 서사성을 동시에 구현해 내는 탁월함이 돋보입니다. 건조한 일상 반대편으로 향하는 시인의 시선은 종종 동경을 함축하지만, 결국은 벗어날 수 없는 일상의 굴레에 대한 좌절을 환상이나 알레고리를 통한 시각, 희비가 깊게 교

차하는 우수의 시선을 통해서 재성찰함으로써 삶을 가슴으로 사유하고 감각화하는 시적 성취를 보여 줍니다. 심사위원들은 시인의 이런 고뇌와 희비의 복합적 감정이 담긴 시에서 시를 향한 열정과 동시에 자기 문학세계에 헌신하는 문인다움의 자세를 읽었고, 결국 이런 점을 수상작 선정의 중요한 이유로 결정했습니다. 수상자에게 축하와 동시에 그 동안의 노고에 대해 경의와 격려를 보냅니다. 또한 지난 한해 많은 문학적 성과물을 출간한 둥국문인 모두에게도 고개 숙여 경의를 표합니다.

2023년 7월 4일
박형준(시), 김춘식(평론, 글), 김이듬(시)

인연의 뿌리 같은 것에 대해 생각해보는

박판식

예감이나 꿈을 믿는다고 하면 세상에 뒤떨어진 낭만주의자 취급이나 받을지도 모르겠지만 저는 여전히 그런 종류의 인간이고, 시라는 것은 사자의 으르렁거림이거나 극락조의 노래였다가 벙어리의 손가락이고 귀머거리의 눈이라고 믿는 사람입니다.

작년 여름에 이곳(만해마을)에 와서 만해에 관한 학술대회에 참여하면서 아침에 일찍 북천에 나가 홍수에 쓰러진 물풀 구경한 것이 기억납니다. 저에게 동국대를 추천해 주신 어머니가 다니는 절의 돌아가신 스님도 생각하고, 반야심경을 외우면서 큰 연탄구멍에 불길을 맞추던 기원학사도 생각하고, 또 저를 시의 길로 이끌어준 선생님과 선배와 동료들을 생각하면서 동국대가 저를 끌고 당겨준 그 인연의 뿌리 같은 것에 대해서도 생각해봤습니다.

그리고 "이왕이면 내년에도 이곳에 와서 사랑하는 사람들과 함께 별도 보고 물풀도 보고 북천의 자갈돌도 보고 돌아가리라"하고 서울로 돌아온 기억이 있습니다.

만해스님이나 미당이 활동하던 시절에는 발로 걸어서 다녔을 곳을, 지금은 버스나 승용차로 다니다 보니 지금의 우리 시도 그만큼

이나 자연과 예감과 육체적 활력이나 통증 같은 것을 잃어버린 것도 사실입니다. 하지만 역설적이게도 사람을 옥죄고 가둬두는 현실, 혹은 걷지 못하게 하는 현실은 우리에게 그 억압과 싸우고 저항하게 하는 시와 예술을 더 강렬하게 요구합니다. 그리고 시와 예술의 다른 한쪽 날개인 꿈은 언제나 우리의 육체와 육체를 둘러싼 제한된 조건(사회적이고 정치적이고 경제적인)을 넘어 인간 영혼의 자유와 해방 같은 것을 바라고 구하게 합니다.

저와 제 동료들의 젊은 날, "시가 아니라면 목숨을"이라는 구호 같은 것은 이제 사라졌을까요? 저는 지금도 그렇지 않다고 감히 예감하고 꿈을 꿉니다. 저는 술을 끊은 지 꽤 오래되었지만 여전히 술자리에도 나가고 젊고 아프고 간절한 시 쓰는 사람들을 만납니다. 그들은 내일의 보들레르와 랭보이고 만해와 미당입니다.

『나는 내 인생에 시원한 구멍을 내고 싶다』라는 시집이 나오기까지 애써주신 분들께 감사하고 이 결점 많고 어리석은 시적 번뇌와 망상에 일격을 가해 구멍을 내주신 분들께도 감사합니다. 사람은 산과 산 사이를 때로는 골짜기라고 부르기도 하고 계곡이라고 부르기도 하고 길이라고 부르기도 합니다. 그 높고 깊은 언덕의 은혜와 낙차로 시원한 바람이나 물이 쏟아져 내려와 행복한 하루입니다. 심사위원 선생님들께 감사드립니다. 겸손하게 더 열심히 정진하겠습니다.

사랑의 목소리로 외 2편

튀긴 물고기와 가느다란 사랑, 그리고 사랑 없는 관공서의 조용
한 오후
나는 마침내 내 인생에서 서울을 발견한다, 삼만 오천 평의 하늘
그 모퉁이에서
어린아이는 장난감 자동차를 밀고
하얀 두루마기를 걸친 구름이 잔뜩 짜증난 왕처럼 관악산을 넘어
온다

밀과 보리가 자라네, 밀과 보리가 자라네

골프공이 골프채에 얻어맞는 소리, 이것이 인생이다
꿈에 나는 일등석 기차를 탔다, 헛수고였다
알몸의 흑인 여자를 만졌다, 헛수고였다
소나무 냄새 나는 소년이 작은 명상 속에서 생겨났다 오솔길로
사라졌다, 헛수고였다

왕이 짜증을 내면 왕비는 불안하고 우울했다

먹고 마시고 춤추고 노래 부르고 이 세상의 법칙에 속아 넘어가
지 않으면
또 어쩔 텐가

빌려 입은 옷 같은 인생, 떼쓰는 어린애를 안고 정부보조금을 타고
이상한 미로를 헤매듯 고통과 슬픔만을 골라 디디는 신기한 인생

무사하게 죽고 싶다, 인생은 재난이 아니다
밀과 보리가 자란 것은 누구든지 알지요

작은 사건

약속을 잊으셨어요? 저와의 약속을 정말 잊으셨어요?

내가 피로에 지쳐 기울어지는 축대에 기대어 서 있을 때
그 말은 처음으로 들려왔다
나는 예전부터 귀신이나 요물은 믿지 않는 사람이라
사람의 기척을 따라 창과 문과 담 너머를 뒤졌다
하지만 황량한 거리 어디에도 사람은 보이지 않았다

저와의 약속을 잊으셨어요?

두 번째로 내가 그 말을 들은 것은
고향의 언덕 너머로 날아가는 까마귀를 구경하고 있을 때였다
냇물을 끼고 흐르는 언덕에서 넋을 놓은 채 나는 옥수수밭을 쓸
고 가는
바람을 보았다

저와의 약속을 정말 잊으신 거예요?

기사마저 내려 담배를 피고 있는 북한산 마을버스 종점에서
나는 세 번째로 그 말을 들었다
빗 속에서 버스로 잘못 올라탄 벌 한 마리의 행방을 살피며
나는 그 목소리가 누구의 것인지를 처음으로 따져보았다

나는 약속을 잊었다, 약속을 잊은 사람이다
가만히 인정하고 나니
꿈만 같은 나의 모습이 작은 회오리바람처럼
북망에서 천천히 걸어나오고 있었다

나는 약속을 잊은 사람, 바다가 내려다보이는 이급 호텔 객실에서
그 목소리는 다시 내 귓전에 되살아났다

나는 잔치가 벌어지는 전각에서 내려와 혼자 잔돌을 주워들고 있었다
옷소매가 끌려 잔디밭의 물을 빨아먹고 있어
나는 졸리는 듯 눈을 감았다

그래 나는 약속을 잊은 사람
썩은 장승 하나가 흙에 묻혀 갈 곳 모를 나를 바라보고 있었다

뜻하지 아니한 사람이여, 나는 이제야 비로소 내 인생에 같은 가을이
한 번도 없었음을 알겠다
지혜는 조용함이었다

오늘은 종일 미친 듯이 바람이 불었고, 낙엽송 같은 간판이
내 발 앞으로 떨어졌다, 그 이유 없는 사건들의 까닭을
왜 이제야 나는 알게 되었을까

나는 약속을 잊은 사람
약속을 잊은 사람

수지 큐

아무런 죄의식 없이 삶을 즐기는 자는 강하다, 새벽4시
4층 아주머니가 동네 빈 술병을 모아와
연립 뒤뜰에 풀어놓는 소리 듣는다

3층 변기물 쏟아지는 소리가
내 두개골 속에 마른 비를 한바탕 퍼붓고 간다

모과나무는 썩은 망치 같은 걸 들고 있다
내가 모르는 내가 비에 젖은 거리를
밤새 걸어다니다가 돌아오면
내가 병신이 되지 않은 게 기적이라는 생각이 든다

좋은 것은 저절로 이루어진다, 가여운 사랑스런 나의 아이들이
창백한 얼굴로 잠꼬대를 한다
엄마, 사랑해요, 아빠 아빠는 무슨 똥놈

대체 나는 무얼 하는 사람인가, 서커스의 곰이 유리병 위에서 발
이 미끄러지고

막대기에 붙은 접시와 함께 점프한다

ㄴ이 ㅁ으로 ㅁ이 ㅇ으로 ㅇ이 ㅊ으로

파도가 나를 밀친다 파도는 나를 깔고

엎어지고 웅크리고 두 발로 나를 마구 찬다

나는 그런 파도라도 붙잡고 늘어진다

'원하는 것이 반만 이루어져도 고통은 두 배가 될 것이다'

누가 한 말인지 모르겠으나 당신의 걷는 모습이 좋아, 당신 말하

는 방식이 나도 좋아

사랑을 구하는 내 마음이 진창에서 빠져나오지 못하는 바퀴들 같다

동국시집 50호

시詩

말에 치이다

강경애

누군가가 달콤한 꿀을 얄팍한 내 귓가에 쏟아 붓는다

그 말 몇 마디에 마음의 빗장은 그만 벗겨지고
작열하는 태양아래 서 있는 듯 온몸이 달아오른다
비유 없는 직유의 그 말에 치인다

그런 날은
말에 새겨진 마음을 소화시키느라 온종일
게으름 피우던 명치가 전력을 다해 뒤척거리고
소리 없던 늑골마저 들썩거린다

박제된 말보다 맘껏 날개짓하는 치사량 넘는 그 말들
그런 말에 치인 날일수록
유난히 어긋나는 일들이 훼방을 놓는다
냉온탕에 담겨진 영혼은 침묵 속으로 빠져든다

이런 날은 쉽게 스러질 그 불립문자를 가슴에 새기고
시간의 추이를 지켜보며 면벽할 일이다.

현상과 존재*

강상윤

예전에는 오토바이를 탄다면
외상을 안 줄 정도로 사고가 걱정이 되었다는데요.
그러나 요즘 퀵시대가 되고부터는 사방에서 오라고 난리랍니다.
30분 이내, 10분 이내, 아니 5분 이내로 배달이 안 되면
돈을 받지 않겠다는 광고도 심심치 않게 볼 수가 있다는데요.
오토바이 굉음은 여전하지만, 사람들의 인식이 많이 바뀐 것 같
다는데요.

예전 같으면 불량끼 넘치는 청소년들이 차도 이곳저곳을 휘저으며
달리는 통에 눈살이 찌푸려졌었는데,
언제부터인가 착실히 돈벌이 잘하는 대기업 사원처럼 보인다네요.
오토바이 굉음도 그렇게 싫지 않고 믿음직스럽다네요.
그러나 오토바이 사고에 대해
안 좋은 기억이 있어서인지 걱정이 앞선다네요.

• 후설과 하이데거 차용

맹수도 퇴근한다

강서일

동물원의 맹수들도 퇴근을 한다 구경꾼들이 떠나자 그들도 하나
둘 철문으로 사라진다

그곳은 나무들의 뿌리가 하늘로 솟구친 초원이다 먹다 남은 붉은
고기도 걸려 있는 태초의 땅이다

해 뜨면 우리로 출근하고 해 지면 철문 달린 시멘트 집으로 돌아
간다 그곳에 밀림의 노을이 진다 자신의 상처를 핥아주던 어미의
부드러운 혀도 있다

문 열리기를 기다리는 저 뒷모습, 생각은 살아 있고 감정은 죽어
있는 너희를 보는 우리들,

어느 동굴에서 달려오는 막차를 기다리며 무언가를 잃어버리고
돌아서는 어둑한 시간, 날벌레가 달라붙는 밤이다

침묵의 뾰족한 조각들이 두 다리를 웅크리게 하는 밤, 피곤한 초
침들이 모래밭으로 발을 옮기는 순간이다.

묵매墨梅

강영은

　휘종의 화가들은 詩를 즐겨 그렸다 산 속에 숨은 절을 읊기 위하여 산 아래 물 긷는 중을 그려 절을 그리지 않았고 꽃밭을 달리는 말을 그릴 때에는 말발굽에 나비를 그리고 꽃을 그리지 않았다 몸 속에 절을 세우고 나비 속에 꽃을 숨긴 그들은 보이지 않는 것에 붓을 묻었다

　사람이 안 보인다고 공산公山이겠는가

　매화나무 등걸이 꽃피는 밤, 당신을 그리려다 나를 그렸다 늙은 수간樹幹과 마들가리는 안개비로 비백飛白질하고 골骨 깊이 번지는 먹물 찍어 물 위에 떠가는 매화 꽃잎만 그렸다 처음 붓질 했던 마음에 짙은 암벽을 더했다

동치미

고영섭

흰 눈이 소용돌이로 휘몰아치다

잦아드는 풍경 보며 아침을 든다

새해 떡국 한 숟가락 입에 옮긴 뒤

소금물에 절여진 동치미 한 조각

베어 먹는 순간 배어 나오는 아아

맛없는 맛 무쇠 씹는 맛 화두의 맛

앎의 갖은 분별 녹여 숙성시켜 낸

삶의 온갖 신산 삭혀 발효시켜 낸.

목련차와 살구를 받고

공광규

공주 공산성 한 바퀴 맨발로 돌고
시 얘기를 좀 하고
퇴직한 공무원 부인이 한다는
게스트하우스 틈에서 자고 일어난 아침

햇볕이 와서 창문을 두드리더니
새소리가 따라 들어왔고
뒤를 이어 여주인께서
목련차와 살구를 내오셨습니다

찻사발 속에는 목련이 피고
살구 일곱 개는
어젯밤 부인이 신선이 되어
하늘에 올라가 따오신 북두칠성 아니겠습니까

목련의 마음을 가진
살구의 볼을 가진
세상에서 가장 아름다운 분이
이 집에 사십니다

연연戀戀

기 혁

느리게로 시작해 느리게로 끝나는 망각의 고무줄처럼 절망이 강물의 팔뚝을 묶고 시선을 돌리라 한다

내리칠 때마다 파랗게 불거져 나온 고독의 혈관, 차가운 핏줄 속에 풀어놓은 투신投身의 사연들

석양의 주삿바늘이 앰블런스 소리와 함께 무뎌진다 시체를 찾아도 원인을 알 수 없는 부위가 있고 차마 썩지 못한 생전生前의 그늘이 있다

자연은 약발이 서지 않는다 한다 사람이라는 병명病名을 잊고서 자꾸만 아픈 곳을 문질러본다

침묵시위 중

김금용

하트 모양의 꽃다발을 풀어보면
철삿줄로 팔다리 묶인 꽃들이
전족한 여인처럼 뒤뚱거리며 안긴다
가지마다 상처가 처연하다

위안부 할머니들의 청춘이
봄 여름 가을 겨울이 수십 번 지나가도
뿌리 없는 허화로 멈춰있다

오물투성이 묻힌 삶 씻어버리게 해달라고
비 내리는 오늘 아침에도
꿈의 뿌리를 잘라낸 이웃 나라 대사관 앞에서
침묵 시위중이다

양파

김미연

속살을 벗긴다
미로를 따라가니 매운 눈물이 꽉 차 있다
어디서 와서 쌓이기 시작했을까

내 늑골에도 슬픔이 쌓여있다
세상에 태어나 맨 먼저 배운 울음
어릴 때 어머니는 내 울음의 꼬리가 길다고 했다

내 안에 고인 기억도 맵다
아버지를 점령한 바람 끝에 부러진 기둥
빈 젖을 빨던 칭얼거림
슬픔의 뿌리는 질기고 매웠다

연하고 눈부신 속살
티 한 점 없는 이 몸에 어떤 상처가 지나갔을까
냄새로 말하는 이 문장

몸 곳곳에 적힌 이야기에도
결말은 없다

흰빛은 창백하다
햇살이 섞이지 않는 파리한 빛이다

둥근 사연이 한 꺼풀씩 벗겨진다
까도 까도
해독할 수 없는 끈적한 말이다

내 몸이 품은 이 침묵도 오래 묵어 겹겹이다
말없이 톡 쏘아붙이는
이 슬픔의 둥근 덩어리

어떤 날은 그림자가 더 편하다

김밝은

살구나무가 등을 살짝 굽힌 채 큰길 너머 사잇길에 눈길을 주고 있었다 비켜서지 못한 바람이 울컥 치미는 향기를 쥐여주고 감쪽같이 사라졌다 잠깐 마음이 휘청거렸지만 아쉬움이 묻은 얼굴을 파란 하늘에게 보여주기 싫어 고개를 숙였다 모든 것이 정지된 화면처럼 가슴에 와 박혔다

오래 걸었던 풍경이 천천히 뒷걸음질 쳤고 익숙해진 인연도 여기까지라고 몸을 돌려 뒤돌아갔다

동백꽃이 툭 툭, 죽비를 치며 떨어지는 날이었다

씨앗의 감정

김상미

그거 아세요? 모든 씨앗들은 척후병이래요. 모종은 발소리를 듣고 자란대요. 누군가 신발을 잃어버렸다면 식물에게도 발이 달렸기 때문이래요. 씨앗은 입을 꽉 다물고 조심성이 많은 날씨래요. 태양이 뜨거워지다 이내 식어버리는 이유일지도 모른대요. 나를 처음 열고자 했던 말은 또 언젠가는 나를 닫기 위해 필요할 거래요.

나는 처음 길러지는 기분을 느꼈어요. 오래된 곡식은 내성적인 수다를 즐기죠. 일만 년 전의 낱알과 지금의 곡식이 다르지 않은 것처럼, 당신의 다급함도 그저 갑작스러운 소나기라고 치부하고 싶었어요. 씨앗은 꼭 들키기 위해 숨는 사람 같았죠. 내 몸을 덮은 털이 언제부터 사라진 건지는 모르겠지만, 물 대신 몇 번의 기웃거림이 다였어요. 가끔씩 성의 없이 뿌려지는 인기척은 지하에서 더 깊게 들린다는 걸 깨달았어요. 내년에는 조금 더 빨라지라는 씨앗의 전보를 받겠지요. 어떤 씨앗은 몇 백 년에 가까운 침묵을 지키기도 해요. 그럴 때면 어둠이 꼭 내 편인 것만 같았어요.

거짓말의 종류가 다양해지듯 더 이상 위로 올라오는 것들도 찾아보기 힘들었죠. 때론 잠꼬대로 술병에 끼워진 편지를 읽는다거나,

녹슨 동전의 노래를 부르며 시간을 보냈어요. 발화되는 감정이 낮
보다 밤에 더 가까운 것처럼요.

입동

김선아

춥네.

고공항로에서 벗어난 겨울새 얼어붙은 강바닥에 다급히 내려앉
네. 온종일 그 깊은 얼음장 두드려대고 있네. 빠알간 부리로 한 뼘
얼음장 녹여내고 있네. 얼비치는 그 모습을 겨울 강은 물끄러미 바
라보고 있네. 그러다가 제가 기르는 물고기 한 마리 내어주고 있네.
아픈 새끼 병구완 어서 마치고 구만리장천 훠얼훨 날아가라고 물고
기 또 한 마리 슬쩍 내어주고 있네.

겨울 강의 숨소리

깊네.

우아해지는 날

김애숙

오늘은 우리 아파트 벚꽃이
가장 아름다운
햇살도 눈부신 한낮,
공주가 되어
벚꽃 사열을 받으며 걷네

올봄 극심한 가뭄에도
이렇게나 고요히 우아하게
피어 준 꽃들에게
치하의 마음을 전하네

고개를 들고 어깨를 펴고
좌우 꽃송어리들에게 눈인사를
건네네 직박구리새도 꽃그늘에
쉬며 호사를 누리고 있네

오늘은 일 년 중 내가 가장
우아해지는 날

강가에서

김운향

검은 표범이 지그시 내려앉은 어깨 위
파릇한 신우대 잎이 펼쳐진
그대 머리카락 사이로 흔들리는 바람 한 점,
멀리 남녘의 음률을 머금은 입술
햇살의 윤슬에 이끌려
긴 여운을 남긴다.

도도하게 흐르는 수심의 박동 소리에
화답하며 갈맷빛 하늘을 휘적이다 꾸는 꿈
기다림으로 쉼 없이 도닥거리고
아른아른 다가서는 손짓,
따스한 말 한마디 되새기며
강물의 흐름을 응시한다.

책의 투신

김윤숭

뜬금없이
책장에서 책이 뚝 떨어졌다
무생물인 책도 투신자살하나
누가 민 건 아니다
투신자살의 이유가 뭘까
억울? 죄책감?
분노? 절망감?
외진 궁궐 후궁의 역하심정
나좀 봐주세요 인가
한번도 손길을 주지 않은
있는지조차 몰랐던
돌아보지 않은 나를 책한다
책이여 미안하다
다시 잘 안치한다
그러나 이는 안장이 아니다
안도감과 안위를 주는 것이다
이제 속속들이 훑어보지 달래며

온리. 옹의 수프

김윤하

수프 냄비 뚜껑을 열면
내게로 오는 바다는 차고 짠 바다가 아니다

오늘도 그대는 냄비 속의 바다를
바닷속의 붉은 섬 하나를
내 식탁에 차려놓는다

모락모락 김 오르는 바다를
손바닥으로 감싸본다
그대가 만들어준 푸른 저녁이
손바닥 안에서 새하얗게 물결친다

냄비 속의 바다를 떠먹는다

바다 깊은 곳에서 솟은 그대 닮은 섬 하나 일렁인다

바다 수프를 맛보는 동안
붉은 심장처럼 내 표정이 따뜻해진다

손안에 머물 수 없는 시간

김인수

길바닥에 버려진
헌 고무신처럼
맥없이 떨어진 낙엽

약한 비바람에도
빗물 머금은 낙엽은

길바닥에 나동그라져
온 사람들이
발로 짓눌러 밟는다

손안에 머물 수 없는
무지개 같던 지난날의 내 모습은
파도 시간에 밀려 나가버리고

달빛 아래
도둑처럼 찾아오는
죽음의 그림자 같구나

몽상가

김종경

바다 횟집 물고기들이
비상구를 찾아 배회 중이다

그중 우두머리가
배를 뒤집는 척하며
지상의 길들을 탐색한다

중년의 커플이
첫 손님으로 들어와
크고 싱싱해 보인다며
느닷없이 그놈을
콕, 찍어 주문했으니

아뿔싸!

이제 제 몸속에 숨겨 놓은
드넓은 바다를 빠짐없이
모두 펼쳐 보여야 할
시간이다

아버지의 등

김진명

누구에게도 기대지 않는 아버지
등뼈로 중심을 잡고 있다는 것을 나는 몰랐다
아버지 등에 새겨진 고통의 흔적을

자전거 바퀴가 그림자처럼 아버지를 따라가며
달달달 경전을 외우고 다니는데도 나는 몰랐다
아버지 등에 새겨진 고독한 경전을

자전거를 타고 일터로 향하는 아버지의 등
조금씩 굽어가며 열두 마디에 새겨진 경전
한 줌 재가 되어 돌아온 뒤에야 나는 알았다.

북한강 오후

김창범

식당 이층 창으로 내려다보이는 북한강 하구,
넓은 강물 위로 고압 전선이 아스라이 건너가고
참새 몇 마리가 전선 위를 날아오르고 날아 앉는다.
바람도 가라앉은 참 한가로운 북한강 오후에
참새들은 저 높은 곳에서 무엇을 내려다볼까?
북한강 강물이 남한강 강물을 만나 어깨동무하고 흐르는
양수리 물길, 그리운 얼굴과 가슴을 부둥켜안고서
유유하게 흐르는 역사의 속살, 저 거대한 물의 벌판 앞에
주먹보다 작은 참새는 그만 할 말을 잃은 것인가?
강물을 사이에 두고 높은 산들이 서로 마주보며
강줄기가 되고 산줄기가 되어 냅다 경주를 벌려도
참새는 방금 바람 타고 올라온 벌레잡기에 빠졌고
고압 전선은 윙윙대며 전력 송전에 땀을 흘린다.
창밖은 그저 한가로운 오후인데, 북한강은 바쁘다.
아래층 마트 주인도 파리를 쫓느라 분주하고.

의자의 정석

김창희

아이야
붉은 노을로 그림자 깊어지는 날엔
내게 등을 보이지 말아주렴
너에게 무엇이 되어주랴 괴로웠던 날들도
무엇이 되었구나 기뻐했던 날들도
이제 보니 기어이 흘렀어야 할
한 줄기 물길이었더구나
때로는 목청 좋은 계곡물로
때로는 진흙 벌 숨죽인 지하수로
굽이굽이 강물에 이르도록
끊길 듯 또 이어진 물의 길이었더구나

물떼새 반겨주는 청간천 바다에 이르러서야
지나온 길들이 저마다 영롱한 빛이었다는 걸
숨 막힌 절정이었다는 걸 깨달았나니
아이야
등나무 깊은 의자에 몸을 묻고
나란히 지는 해를 바라볼 수 있는 날
따로 또 같이
우리 숨 막힌 절정으로 깊어져보자꾸나

기다림

김춘식

어딘가에 신의 손이 있어
이 커다란 수조의 마개를 뽑아
넘치는 물들을 모두 어디론가 흘려보낸다면

바닥을 드러낸 심해에는 둥근 바윗돌
자갈 같은 것들과 뾰족한 암초가
조금 남은 물 위에 얼굴을 내밀 것이다
흘러간 물들이 남긴
흔적을 보며
아이들이 아쉬워 발을 구르고 눈물을 흘리는 동안
시간은 자꾸 덧없이 흐르고

어느 오후의 햇살과 꾹 다문 입안의 말을 잊어버린 누군가는
뒤늦게 그 커다란 수조 위에 물들이 다시 차오르기를
쪼그리고 앉아 기다리고 또 기다릴 것이다
어디선가 커다란 손이 다가와
기다림의 망망대해에
다시 수평선을 그려 놓을 때까지

세한도 歲寒圖

김현지

금박으로 세한도 엷게 스며있는

한지 한 장 펼치고 손편지 몇 자 적으려는데

추워라, 추워라, 하고 세한도 일어서네

가볍게 써 내려가던 글귀들 꽁꽁 얼어

매서운 눈바람에 휘 휘 날리네

저문 바람 소리 행간을 흔들어 붓을 내리네

애써 추운 길만 골라 일부러 그 길 걷는 이 있었겠는가

청정을 꿈 꾼 죄, 삭풍에 내몰린 눈발 시퍼렇게 일어서는 겨울 초저녁.

저, 푸르던 별들 하르르 하르르 눈비로 날리네 어둑살 사이로

그대 곧은 획들, 살풀이하듯 흔들리네 무너지네 무너져 흐르네

삶이 나 몰래 태어나듯
― 타이페이 용산사

동시영

태어났는지 모르고 태어났듯
가지 않았는데
도착한 타이페이 용산사龍山寺

삶이 나 몰래 태어나듯
나 몰래 기도가 걸어 갔나?

이름표 같은 얼굴들

몽상을 풀어 놓는 바람

소원이 풀려나오는 종소리

믿을 신에
믿을 사람

불안이 밥이다

물봉선화 사연

문봉선

한 세상 붉은 울음으로 대신한다.

황토빛
그 목마름
다 채울 수 없어

인연

문 숙

내 치맛자락에 묻어와서 운다
잘못 든 길이라고 운다
고층아파트 목욕탕에 숨어서 운다
낯설다고 운다
혼자라고 운다
무섭다고 운다
속았다고 운다
잘못된 만남이라고 운다
옛 인연이 그립다고 운다
제 발등 제가 찍었다고 운다
가을이 다 간다고 운다
자신을 버릴 수 없다고 운다
희망이 절망이라고 운다
제 마음 알아달라고 운다
끝없이 시를 쓰며 운다
내가 운다
귀뚤귀뚤

도착

문정희

이름도 무엇도 없는 역에 도착했어
되는 일보다 안 되는 일 더 많았지만

아무것도 아니면 어때
지는 것도 괜찮아
지는 법을 알았잖아
슬픈 것도 아름다워
내던지는 것도 그윽해

하늘이 보내준 순간의 열매들
아무렇게나 매달린 이파리들의 자유
벌레 먹어
땅에 나뒹구는 떫고 이지러진
이대로
눈물나게 좋아
이름도 무엇도 없는 역
여기 도착했어

그늘

문효치

빈 집
처마 밑에 혼자 서 있던
그늘 가버렸네

있어도 쓸쓸하고
가고 없어도 쓸쓸한

처마 밑 거기
밤이 밀려오더니
뭉개 버리고 말았네

온순하고 말 없던 그 그늘
어디에 치웠을까

내 왼쪽 어깨 기울어지고 있네
여기에 내려와 있는 것일까
무거운 동통 누르고 있네

음악

박진호

　바람의 끝에는 붓이 있어 그림의 향이 울린다 비워내지 못하는 속물의 역한 향을 씻어 주듯이 차분한 한마디 흐름마다 재스민향이 베어 있다 재스민향이 그려가는 자국에 흥겨움이 있다 흥겨움의 어깨춤 뒤에 오는 완성된 그림자는 영혼 안에 명품으로 가득 찬 충만감으로 보인다 어제 오늘의 그 모든 순간 속 만들어 가야 할 것 잊어버린 추억의 안타까움마저 한 선율이 되어 마음속을 채워주는 뿌듯한 안정감으로

　이 순간 해야 할 내일의 희망이 들려 온다 바람의 오현 위의 콩나물들을 튕겨 보다 보면 채움과 비움의 울림으로 영혼은 배부르다 소중한 순간의 간절함을 이해하는 듯이

너의 얼굴을 나는 꽃병에 꽂아 둔다

박판식

연못을 파지 말아야지
잉어와 붕어와 가재는 기르지 말아야지
연꽃과 수선화도 심지 말아야지
분수와 대리석 조각은 꾸미지도 말아야지

나는 헛된 몽상에만 빠지리라
깊은 물속에서 내가 보고 싶은 그녀가
얼굴을 들이밀고 발을 내밀면 몸을 숨기고
그녀를 몰래 훔쳐보기만 하리라
수양버들 왕벚꽃 따위는 주위에 심지 말아야지
비석은, 하물며 연못의 이름 따위는 절대 짓지 않으리라
그래도 혹시 돌밭 정도라면

꽃진 자리

서정란

꽃진 자리가 적막하다
호접이 아름다운 자태로
눈을 홀릴 땐 몰랐던
원래 그 자리

내 훗날 뒷자리도 저와 같아
꽃지면 곧 잊혀질 그 자리
미련은 가져가고
하얀 적막으로 남을 것이야

그런 날이 있었다
— 시를 찾아서

서정혜

해안선 뒤척이는 바닷가 마을
돌담 두른 파란 함석집 창가
책상 하나 덜렁 들여놓았다.

사는 일 답답하고 속 터지면
한여름에도 서늘한 책상 앞에 눌러앉아
시를 썼다.

나오다말다 노래로 이어지지 않는 말들
집어등 환한 밤이 와도
제 곡조를 꿰지 못한 채
꿈에까지 찾아와 제멋대로 굴러다녔다.

잠 깨어 일어나면
토막난 말들 간 곳 없고
포구에 들어오는 뱃고동 소리에
빨간 줄장미만 돌담 가득 피어 있었다.

연두의 변

석연경

어느 별에서 온 것일까 촘촘한 우주 틈 비집고 빛으로 부르는 소리 창을 닫아도 스며들어 마음 빗장을 열고 들어오는 신비로운 기운 더이상 견디지 못해

흘러나온 겹겹의 연두가 빛과 어둠이 뒤섞인 오래된 성벽 오래 서성이던 빈 거리마다 차올라 밀물처럼 출렁인다

하나의 연두에 이어 또 다른 연두가 오고 가늘게 떨리는 연두의 바닥과 연두의 천정과 연두의 스테인드글라스

연두 세계에 깃들어 연두이고 싶어 부드럽고 훈훈한 봄바람 일렁이며 연두의 애잔함을 배경으로 있는 거룩한 신을 본다

신이 딛고 선 어머니 대지는 하늘 끝 대성전의 파이프 오르간에 오만가지 연두를 싹틔우고

온몸에 봄물이 차오른다

부드럽게 빛나는 신성에로의 창 연두를 봉쇄한 수도원 뜰에도 연두 기둥을 밀어올린 수선화 한 송이

권태 1

수피아

어쩌자고, 나는
J의 창가에 놓인 화분 같다.
목이 마르다. J의 창은
반복적으로
점점 어두워지거나 밝아진다.
인간은 자신의 가지를 뻗어
참새보다 이상한 소리로
한 번씩은 화분에 대해 짹짹거린다.
해독할 수 없는 얼굴들
너무 오래, 목이 마르면
이파리는 오므라들고 뻐근하다.
다리에 힘이 풀려 주저앉는다.
내장이 썩는다.
심장이 자라지 않는다.
화분은
목이 마른 이미지의 것이 된다.

정월의 노래

신경림

눈에 덮여도
풀들은 싹트고
얼음에 깔려서도
벌레들은 숨쉰다

바람에 날리면서
아이들은 뛰놀고
진눈깨비에 눈 못 떠도
새들은 지저귄다

살얼음 속에서도
젊은이들은 사랑을 하고
손을 잡으면
숨결은 뜨겁다

눈에 덮여도
먼동은 터오고
바람이 맵찰수록
숨결은 더 뜨겁다

오징어

심봉구

한때는
동해 속살을 뚫고 다니는
이쁘디이쁜 꼬마 미사일이었어
수천수만 찬란한 미사일 떼거리였어

비린내 자욱한 포구 바닥에서
화약과 배터리가 적출되는 순간
깡마른 바람의 영혼은
들썩이는 어깨를 안아주고는
접신처럼 깃들었지

수많은 종류의 바람을 타고
방망이 수류탄 같은 소주와 손잡고
죽은 자와 산 자의 가슴을 열어봤어

목이 메어 마른 몸 다 찢어주고
허한 바람으로 돌아섰지, 뭐

목련 경전

양안다

생각해 보면 영혼은 춤추기를 사랑하였다.

생각해 보면 영혼은 죽는 것을 사랑하였다.

나의 친구들은

세상 모든 단어들을

목련잎에 적어 날리기 시작했다.

춤 : *그것은 몸부림으로, 발작과 유사하다.*

빛의 속도 : *우리는 이것을 철저한 오해 속에서 다루었다.*

영원 : *두꺼운 폭설을 덮고 잠드는 것.*

영혼 : *그냥 죽고 싶어.*

그러나 내가 적은 목련잎이

  누군가에게 읽히는 일은 없었다 : *나약한 자든 영특한 자든 빈곤한 자든 폭설 앞에서는 평등합니다.*

꿈

오희창

황금들판이 꾸는 꿈은
알알이 익어가는 곡식들이
껍질을 벗어 주인집 딸이
갑돌이에게 시집가는
것일게다.

우거진 숲이 감춘 꿈은
까투리가 장끼에게 이쁨받아
새끼 많이 치는
것일게다

철썩이는 바다라고
꿈을 꾸지 않을까
잔잔한 물결 위로 고기잡이
배 귀항하여 어부 아들
서울 유학 보내는
것일게다

삼천리 반도
금수강산이 맺힌 꿈은
동강 난 강토 하나로 묶어
통일국가 복지낙원 건설하여
만백성 얼싸안고
사는 거지

아! 꿈은
꾸는 자의 것이라
희망 용기 끈기 있고
분발하는 자의 성취요
보람이려니 꿈아!
아! 나의 꿈아!

불두화 보살

유병란

등에 혹을 업어 키우는 여자
법왕루法王樓 기둥 옆에 앉아 큰스님 법문을 듣고 있다
말씀이 깊을수록 점점 바닥으로 내려앉는 혹
볼록하게 솟은 등에 불두화 한 송이 피어난다
가장 낮게 엎드린 꽃봉오리가
등을 열어 꽃잎을 내미는 동안
천천히 법당 바닥을 번져가는 꽃의 기도
입속에 맴도는 화두는 닿을 수 없는 저쪽 어디
어두운 전생은 늘 먹구름 속에서 자라난다

사람과 사람들 속에 섬처럼 떠 있는 여자

등 밖으로 솟아난 고뇌를 법문에 새기는 동안
가장 먼 곳부터 얼어붙은 계절이 꽃으로 피어난다
꽃이 피고 버려지고 꽃이 피고 버려지고
점점 더 가벼워졌을 저 흰 혹
바람이 들고 날 때마다 엷은 풍경소리 흩어지고
여자 등에서 오래된 구름 냄새가 난다

소리 위를 달리는 소년

윤고방

무 지
　　개 가
　　　　쏜 아
　　　　　진 다
　　　　　폭 포
　　　　　　의 함
　　　　　　　성 이
　　　　　　　세 상
　　　　　　　　을 덮
　　　　　　　　는 다
　　　　　　　　물 고
　　　　　　　　기 가
　　　　　　　　새 가
　　　　　　　　되 어
　　　　　　　　날 고
　　　　　　　　새 는
　　　　　　　　오 색

소년이어른키로자라서땅끝이보이는순간폭포는잠시　구름이
침묵에잠기지만아이는소리를건너빛에까지달음질친다　된 다

팔만대장경 5천만 글자를
다섯 자로 줄여보니

윤재웅

착하게 살자 *

* 팔만대장경은 81,258개의 경판에 약 5천2백33만 글자나 된다. 완독하는 데 30년 걸린다. 그 안에 계송(시)으로만 이루어진 〈법구경法句經〉이 있는데 한역漢譯 752송 중 가장 쉽고 핵심적인 내용은 '제악막작諸惡莫作 중선봉행衆善奉行 자정기의自淨其意 시제불교是諸佛教'이다. 나쁜 일 하지 말고 좋은 일 많이 하며 스스로 마음을 잘 다스리면 이것이 깨달은 이들(붓다)의 가르침이라는 뜻이다. 유치원 아이들도 알아듣기 쉽게 고치면 '착하게 살자'라는 말이다.

차마고도

윤효

    맨 나중 들어온 말까지 무사히 등짐을 풀자 쪽마루끝 어스름에 나앉은 할머니가 머릿수건을 고쳐 매고는 마니차를 다시 천천히 돌렸다. 진즉 산더미를 밀치고 나왔던 달도 그제야 제 얼굴을 환하게 폈다.

샴

은이정(본명 이은정)

락스가 1+1이다
단단히 맞댄 둘을 잡았다

기대려는 자와 버티려는 자는 조이고 있다

참외 하나를 깎아도
칼날은 내게 향하는데

멀리서 그녀는 몸통 한 조각 들고

염색체의 꼬인 밧줄
비비다 거칠어진 두 손 앞에선

주는 건 꿀꺽 삼켜야 한다

모가지를 끊어야 냄새 짙은 시간을 부빌 수 있다는

칼이 지나간 사이
예리하게 참외 향이 트인다

움트다
— 즉시현금卽時現金 갱무시절更無時節

이 령

네 등 뒤에 꽃을 두는 일은 서사적이다
밤보다 깊은 새벽을 밝히는 현재의 일이다
가고 올 시간의 흔적을 보듬는 일
이별의 비수와 비가를 숨기기엔 이 계절이 너무 짧다

너를 품어 꽃을 피웠지만 자리마다 물컹하다
모든 서사는 지금, 바로 지금 서정적으로 완성된다
지나보니 꽃 피고 잎 지나 잎 지고 꽃 피나
무릇무릇 사랑이라 부르던 것들이 죄다 미쁘다

너를 건너왔으니 나를 데려와야지
머리를 버리고 심장을 얻었다, 가벼웠다
흔들리던 날들이 마른 나무에 핀 꽃 순처럼 싱싱하다
울던 별들이 지면 새싹은 움튼다

네 등 뒤에 꽃을 두고
걸어 온, 걸어갈 길을 벅차게 걷고 있다

그대가 없는 날엔 첫눈도 지나간다

이서연

어제처럼 겨울이 봄으로 가면
바람의 길을 따라 그대가 오기에
함께 가을을 건너더라도
아무 일 없으리라 믿었던 게 탈이었을까

처음인 듯 헤매며 살아온 세월
서로를 꽃으로 기억하는 게 많기에
같이 노을로 들어가더라도
괜찮으리라 속단했던 게 탈이었을까

나는 그대에게 있고
그대는 나에게 있다는 목적지에
그대가 없는 날엔
첫눈도 지나간다

길 좀 물읍시다

이순희

몸따라 마음도 간다는데
죽으면 몸속에 있던 마음도 같이 썩어 없어지나요?

주검은 보이는데
왜 그 속에 있던 마음은 보이지 않나요?

AI를 만든 인간이 신처럼 전능하다고 큰소리인데
왜 아직 이 물음엔 답이 없나요?

내 몸속에 있는 이 마음
오늘도 길 나서는데
길 끝에 도착하면 몸과 마음이 함께 하는지?
이별을 하는지?
알길이 없는데

어디로 가야 알 수 있을까요?
길 좀 물읍시다.

설레임의 혀

이어진

두 계절을 동시에 지나간다 너는 여름의 향기로운 수염을 가졌고 겨울의 가장자리에는 너의 문장이 질병에 시달린다 징검다리를 걷는데 저쪽에서 네가 나를 대신해서 서 있다

이 세계에 와 본 거니? 이 세계에서 도대체 무얼한거니?

나의 혀를 바라보며 너는 소나기에 젖는다 나의 문장은 너의 문장과 다르다

얼음의 문장을 빠져나온 눈동자는 여름의 벌판에서 떨고 있다

이리 와봐 이곳엔 마른 풀들과 박제된 사슴이 있어

옆에서 바라본 겨울의 호수에는 여름의 세계가 있다

겨울의 문장과 여름의 문장이 나란히 앉아 있다 눈을 먹는다 바람을 마신다

이런 상황은 꼭 수염 끝에 매달린 두 줄기 고드름 같다

고드름의 향기로운 칼날에는

혀끝에서 맴도는 매혹의 입이 있을 거 같다

네가 키워 온 여름의 호수 안을 엿보며 연인들이 지나간다

이 세계는 너와 다녀오고 싶다 여름의 문장과 겨울의 문장의 중간에 우리는 서 있다

눈을 크게 뜨고 너는 나의 문장에 다녀온다

책 위에서 너는 미세한 떨림으로 천천히
두 세계를 지나간다
여름의 들판에서 파랗게 피어나는 풀들과 식사를
겨울의 벌판에서 하얗게 돋아나는 눈사람처럼
너는 나의 세계를 나보다 더 먼저 왔다 갔다는 듯이
꼭 그렇게 저쪽 끝에서 나를 추억하며 걷고 있다

가을비

이영경

뒤꿈치를 들어 올리며 산산한 바람에
나뭇잎이 흔들리며 비가 내린다
우편함에 날개를 달고 앉아 있는 우편제비
자동차 위에 단풍 낙엽이 겹겹이 붙는다

은행나무의 노란색 단풍을 지나
우편제비가 아래로 하강을 한다
낙엽이 비가 되어 흐르고
가로 글씨로 '축하해요'라는 문자 음이 울린다

시는 가장 아름다운 비
시간은 시의 흔적을 적어본다
액자 속에서 빛나고 있는 시의 세상
생존권을 지켜야 하는 가을비

잘하라 하지 않았다
오뚝이가 되어 계속 일어났다
기다려지는 비 익어가는 가을
익숙한 것에 대한 깨달음

천의무봉

이용하

하늘나라 바로 아랫동네에 갔다가 하늘나라까지 두루 구경했다.

선덕여왕이 죽으면서 도리천에 묻어달라고 했을 때 그 말을 아무도 이해하지 못했으나 문무대왕이 사천왕사를 짓고 나서 그의 무덤은 도리천에 있게 되었다.

숲의 나무들은 도리천에 가지를 뻗어놓고 있었고 새들은 자유롭게 그곳까지 날아와서 지상의 노래를 불렀다.

그러데이션*이 적용되어 세상 사이의 경계는 뚜렷하지 않았다.

어디부터가 이생의 것인지 알 수 없는 내 마음은 종종 생각의 가지를 후생으로 뻗는데,

분명, 저승도 그러할 것이다.

* gradation

루시제祭

이윤학

　세라마* 우리를 지키는 임무를 맡은 루시의 묽은 눈곱을 정리한 물티슈 서너 장 엄지 검지로 집은 그가 머리를 쓰다듬네 벌떡 일어나 어쩔 줄 모르고 꼬리를 흔드는 루시에게 눈을 맞추고 더듬거리는 그의 말을 바람이 전송하네 저승에 가면 키우던 개가 제일 먼저 마중 나와 꼬리를 흔든다네 왜 벌써 왔냐고 개는 짖지 못하고 마냥 꼬리만 흔든다네 좀 더 가면 묵정밭이 드넓디 펼쳐진 언덕 위 평지가 나온다네 세라마 달걀부침 같은 망초 꽃 만발한 저승의 입구에 도착한다네 루시의 가죽 목사리 세라마 빈 우리 옆에 벗겨져 금이 가네 언덕 위 평지 만발한 망초 꽃밭 가온에 자신을 껴안은 자세로 앉아 기다리네

* 가장 작은 닭

Happy Birthday

이이향

네 생일 초대에 빈손으로 간 것이 미안하여 너의 집에 내 단추 하나를 두고 왔다 단추에 자개로 박아 넣은 작약무늬 다시 찾으러 오겠다는 속엣말도 함께 그 후로 여러 날을 떠도는 동안 나는 두고 온 작약을 잊어버렸다 낡은 옥상 난간에서 굴러떨어진 날 불 꺼진 케이크에게서 편지가 왔다 단추기 저 홀로 병들어 집을 나갔다고 병든 것들은 본래 집을 버리는 법 내 작약이 떠난 너의 집은 벽에 금이 가고 지하실에 물이 차고 폐허를 몸소 유출하려는 듯 햇빛에 등을 돌리고 유물이 되었다고 잃어버린 것들을 찾아 아름다운 폐허를 부리고 가는 부끄러움아 부끄러움이 아름다움을 고백할 때 굳이 아름답기만 한 것은 아니어서 다시 돌아온 해피 버스데이 캄캄한 밤하늘을 뚫고 단춧구멍 같은 눈발이 쏟아지고 있다

유사비행

이혜선

우화를 꿈꾸었다

바람 타고 날아보아도
절벽에서 떨어져도 날개는 돋지 않았다

네 쌍의 다리로 줄을 탄다
머리가슴 하나로, 생각하고 동시에 교감한다
뜨거운 가슴, 차가운 머리로 식힌다

날개 대신 실을 토한다, 강철보다 강한 생명밧줄
수억 년 진화해온 피브로인fibroin 단백질, 몇몇 생生을 연구해온
공법으로
새 생명집을 짓는다
별이 뜨는 방향, 영원히 이어나갈 겨레의 제단에 걸어둔다

나는 아직도 거미, 유사비행에 목숨 건다
펜 끝에 생명밧줄 토하며, 시인의 극한 불행을 예감해도*
무한 허공, 또 꿈꾼다, 날아오른다

* 빅토르 위고, 샤토브리앙을 추모하는 시 「Odes et Ballades/À M. de Chateaubriand」 차용

용서

임보선

물속에 빠진 달그림자 건져 먹기보다
더 힘들었다

어느 달 밝은 강으로 갔다
미친듯이 물속으로 들어가
확,
달을 건져 먹어버렸다
내 안에 달 있다

책에서 풋사과를 건졌다

장순금

파도치는 책에서 풋사과 한 점 떨어졌다

새파란 등뼈가 활자를 열고 쑥쑥 자라는 등 뒤에서 신맛이 뚝뚝 떨어졌다

미리 낙하한 푸른 멍은 다시 익으려고
몇 번이고 거듭 떨어져도
꽃은 피지 않았고 꼭지 떨어진 자리에 풍문만 무성해

시고 싱싱하여 덜 익은 가을볕이
함부로 착각한 아름다운 시절이었다가

믿지 못할 동쪽을 믿고 자란 과육은
둥근 울음 속에 불안을 가두어

공복에 갇힌 적의로 저체온의 문장은 해가 지는 세상이었고

제 살에 베인 핏방울은 날마다 책벌레 기어 나오는 집에서
풋사과를 베어 먹으며,

수직 점프

정민나

방파제 난간은 바람 붑니다

바닷가로 놀러 온 남자와 여자들 닮아가기만 하던 텔로미어 생물학적 시간과 파도치는 바위의 물리학적 시간은 오랜만에 만나 물과 불이 됩니다

번개와 비의 세상으로 팽창하니 지루하던 땅끝이 활짝 피어나네요 너울 파도처럼 웃음소리 한 번 두 번 항구를 뛰어 넘네요

까르륵 바람 소리로 넘어가고 주룩주룩 빗소리로 흩어지고 직선운동이 휘어지면서 잠깐 사이 시공간이 휘어지네요 하얗게 포말이이네요

그들 중 한 사람이 사라졌는데 모르네요 너무 세게 파도가 일렁일 때 폭우 속에 블랙홀이 생겼는데 아무도 모르네요 다른 여자와 남자들은

슬로우슬로우 가속 팽창하느라

미래로 가는 것인지 수명이 늘어난 것인지 바다의 표정을 알 수가 없네요

다른 말이 있다

정병근

내게는 다른 말이 있다
친절한 인사와 무난한 표정 너머
언뜻 보이는 하늘의 순간에
나의 말은 거기에 있다

자문자답과 중얼거림 속에
바위들이 둥둥 떠다니고
나무들이 비처럼 내리꽂히는
모르는 것들이 외면하는 그곳에

모래에 손을 넣고 다독이며
두꺼비와 거북을 불러 청하는
나의 새 말이 있다

일생에 너 하나를 얻지 못한
나의 말은 폐습처럼 너의 귀를 돌아
수박 껍질을 핥으며 미끄러진다

날랜 취향과 매끄러운 혀를 선호하는
그런 말은 나의 말이 아니다
이것도 아니고 저것도 분명히 아닌
난생처음 같은 말이 있다

푸름 곁

정숙자

어떻게 해야 늘 그들이 될 수 있을까

바람 지나갈 때 침묵을 섞어 보낼 수 있을까

마음 걸림
들키지 않고
조용히 몇 잎 흔들며
서 있을 수 있을까

바위 햇살 개미 멧새들… 사이
천천히, 느긋이 타오를 수 있을까

베이더라도 고요히 수평으로 쓰러질 수 있을까

구름 속으로
손 뻗으며
느리게, 느리게 바다로-깊이로만 울 수 있을까

언 꽃

정우림

당신은 떠나고 이름만 남았습니다

햇빛이 냉각되며 창백한 봉오리가 맺히고
줄기의 온도가 떨어지고

추억으로 떠오르기 전에는 표정을 읽을 수 없었습니다

당신은 눈 내린 밤 얼음 핀 꽃이 되고
꽃이 된 자리에서 시반처럼 흉터가 번졌습니다

당신이 떠난 그 자리에
꽃잎마다 바람의 무늬가 새겨져 있습니다

이제 흔들리지 않습니다
언 꽃은 다시 피어나는 이름입니다
제 안의 싹은 쉬지 않고 돋아날 것입니다

겨울이라는 방명록에 잠시, 다정한 목소리가 다녀갑니다
당신은 긴 잠을 주무시고 있다고,

해바라기 샤워기

정윤서

욕실 벽에 매달린 해바라기 샤워기가
구멍 촘촘 물방울 머금고 있다
햇빛과 바람만이 끼니의 전부이던 때
온통 그을려야 생이 여문다 믿었던 적 있다
품었던 씨앗들 모두 탈골해 버리고
꺾어진 목으로 바닥을 향한 해바라기
반 평짜리 부스에서 고개 떨군 채
욕실 벽 파고든 제 밑동을 내려다본다

벽 속 숨겨진 저 물관 따라가면 눈물의 근원에 도달할 수 있을까
땡볕 속 그늘나무 곁을 에돌던 그 사람은 어디에 도착해 있을까
　빈집에 남아 누군가를 기다리는 사람 불혹을 넘어서도 가진 것은
눈물뿐
　몸속의 누수를 감추고 또 감춰야 했던 쭉정이의 시간이 거울에
남는다
　햇볕과 바람만이 끼니의 전부이던 시절
　결코 울지 않겠다고 버티던 그 사람의 눈물샘에 그렁그렁 물방울
이 맺혀있다

깨진 백자

정재율

여기 깨진 백자 하나가 놓여 있다. 조각과 조각 사이 작은 구멍들이 생겨난다. 누군가 실금 사이로 들어오는 빛을 한참 동안 바라본다. 백자 안은 하나의 작은 무덤 같아서 그 사이로 영혼 하나가 빠져나가는 것을 볼 수 있다. 그 영혼은 사람들의 뒤를 따라서 머리 위에 올라갔다가 옷에도 붙었다가 이내 떨어져서 한참을 굴러다니다가 조금 웃다가 지쳐서 의자에 앉아 있다. 꽤 오랫동안 유심히 다른 유물을 관찰한다. 조금씩 슬퍼지다가 끝내 울다가 이내 백자 앞으로 다시 돌아온다. '이것이 우리의 과거이자 미래이자 현재이다' 박물관 앞에는 그런 말이 쓰여 있다. 한 손으로 잡히지 않는 슬픔을 쥐고 걸어가는 사람들. 이곳은 너무나도 고요하다. 너무 작아서 두 눈으로 구멍을 오래 관찰해야만 한 영혼이 울고 있는 것을 볼 수 있다. 우리가 모르는 신의 얼굴이 있듯이. 깨진 백자 앞에서 갑자기 눈물을 흘리는 사람도 있다. 영혼 하나가 불쑥 잘못 들어간 것처럼.

인셉션

정지윤

바람도 하나 없이 깃발이 흔들릴 때
기차가 휘어지고 내 몸도 휘어진다
나무들 빠르게 출렁이다
제자리로 돌아온다

보이는 게 전부인 얼굴들 손을 꽉, 잡는다
꿈일까 현실일까 주사위를 던져볼 때
늘 같은 숫자가 나온다면
모두 뛰어내리자

교복 입은 아이들이 스마트폰을 켠 채로
미궁의 바닷속을 헤엄쳐 다닌다
어두운 소용돌이 속으로
아이가 또 뛰어내린다

그제야 다 보여서 알 수 없는 물속 세계
내 귀와 눈과 입을 망치로 두드린다
팽이는 쓰러지지 않고
돌고 있다 끝없이

나팔수에게 고함

정희성

단 위에 올라
하늘 열릴 때 신단수 아래 서듯
소매깃 여미고 나팔을 들어라

여름 끝 독기 다 빨아들이고
나팔꽃들 깊은 침묵 뒤 깨어나
꽃잎 화알짝 열 듯이

이제 두 번도 말고
단 한 번 나팔소리로
세상을 깨워라
병든 잠을 깨워라

벼락 치듯 구름 뚫는 높은음으로
저 천근 같은 눈꺼풀 들어올려라

더디게 오는 새벽
일으켜 세우는
젊은 핏대여

나옹화상 길 따라

조병무

죽음의 흔적 따라 떠나려느냐.

묘적당 침묵에 홀연히 산으로
문을 열고 들어가
회암사 뜰앞에 한 그루 나무
날으는 구름 흔들리는 바람
잡으러

깊은 선경에 몸을 떤다.

떠도는 역사 골짝에 쏟아져 내리는
물소리에 귀먹어 버린
아픔 때문에

바위 속 아득한 어둠으로
주저앉아 버린 길손 나그네.
물굽이 휘돌아 여강 소리 높아 갈 때
흐르는 잎 떠도는 줄기

머문 자리 그대로
깊은 잠에 든
나옹화상이여.

지난가을 국회, 2023

조철규

지난가을
하루가 다르게 천지天地가
울그락불그락 해진 까닭인즉슨
낯 뜨거운 일이
있었기 때문이다.

민의民意의 전당이라고 하기엔
부끄러운 국회의사당의
울그락불그락한 기운이
천지로 옮겨붙어
지난 가으내
불타고 있었다.

아리아드네의 공식

주선미

작은 파문에도 흔들리는 아침
갈증은 언제나 목구멍에 붙어 산다

사람이었으므로
비대칭으로 살아야 하는 것들

얼마나 버려져야
시선이 바로 설 것인가

아리아드네가 눈을 뜬 섬

애인은 또,
애인을 만나러 가고

곁을 준 누군가는 늘 떠나는 아침

상처로 상처를 덮는 내 발끝은 또,
어디를 떠돌아야 하나

약수역에서 불광역까지

주원규

약수역에서 노인우대석에 앉았다
'본처와는 이혼하는 게 아니여'
옆자리 노인들의 낮은 목소리
갑자기 열차 바퀴 소리가 천둥소리 같다
머리 위 형광등 하나가 깜빡거린다
문 옆, 대각선으로 서 있는 앳된 남자가
앳된 여자 귓속에 뭐라고 속삭인다
여자가 살포시 웃는다
'그 애, 본처와 이혼하는 게 아니랑게'
다시 옆자리 노인들의 낮은 목소리
머리 위 형광등 하나가 그대로 깜빡인다
옆자리 노인들은 어디까지 가는 것일까
불광역에서 내가 궁둥이를 들어도
노인들은 그대로 꼼짝하지 않는다

안부

지연희

당신의 침상이 앙상하게 비어있어요
꽃 자줏빛 단풍이 눈이 부시게 출렁이던 날
당신은 그렇게 흘러갔지요.
시간과 사람과 기억이 유성처럼 멀리 흐르는 사이
남은 우리는 망각 속에서 길을 잃었어요
문득 문득 잃어버린 시간을 되돌리며
아침밥을 먹고 점심을 먹고 어김없이 저녁을 먹고,
그럼에도 기가 막히게 태연하네요, 다만
굳이 안부는 묻지 않아도
살갗에 스며드는 싸늘한 겨울바람의 유희
희디흰 하늘옷자락이 당신의 새집에 커튼을 치는
당신의 가슴에 까마득히 스며든 묵직한 한기를
두툼한 얼음상자로 전송받고 있지요
이 견고한 지하의 흙 내음

맨몸의 맨발의 당신은
사시나무처럼 떨고 있다는

꽃보다 눈부신 사람

차옥혜

꽃을 보기 위하여
먼 길 걸어가는 이여
오래 아파하는 이여
꽃을 위하여
오래 울고 있는 이여
꽃을 지키기 위하여
긴 세월 시달리는 이여
꽃을 보고 꽃과 함께 하는 시간은
순간이지만 언제나 아쉽지만
때로는 끝내 못 만나기도 하지만
꽃을 위하여
모두를 바치는 당신의 삶은
꽃보다 더욱 아름답다 순결하다.
꽃을 오래 참고 기다리는 당신은
꽃보다 더욱 눈부시다.

면面에서 자라는 것들

최병호

시간은 면에서 왔는지 모른다

아침 햇살이 활엽수 이파리에 부서지듯

널브러져 있을 때 더 자유롭다

시작도 없이 계속되다 지치면 함께 엎드린다

가슴 속에서 기억을 꺼내는 순간

시간은 새롭게 생산된다

노래는 앞과 끝이 없었는지 모른다

시간의 순서를 정하다 보면 노래가 되고

우리들은 모두 면에서 태어나서 자라는 것일까

그래서 빛은 처음부터 깊은 곳에서 시작됐나

늘 시간의 관자놀이에서 턱밑까지 손을 뻗치는 이유다

혼돈에서 질서가 자랄 때

노래가 시작됐는지 모른다

우리는 밤일 때 생각이 더 깊어진다

면은 혼돈을 키우고, 혼돈 속에서 우리는 더 자유롭다

시간이 지치면 면이 되고

면에서 노래는 자란다

바람이어라

최 원

마산 불종거리 옛 형무소 앞길에서
이따금 아버지를 만난다.
양철 함지 물속에서
물방개가 되어 헤엄치는 모습이다

바람이다
북녘 땅 원산에서 밀려와
이곳에 머물게 된 피난바람
세상에는 바람 잘 날이 없다

산에는 골바람
바다에는 바닷바람
방향 따라 높새바람, 샛바람, 앞바람, 뒷바람,
세기 따라 하늬바람, 된바람, 맞바람,
게다가 흔들바람, 도리깨바람, 샛바람

피할 수 있던가
바람 맞아가며 걸어온 길
바람에 기대어 살아온 세월

묄른사람

허진석

산속 깊은데 가서 살아도
죽으면 우르르 달려가 새 옷을 입히고
볼에 연지를 문지르고
이를 새로 해 박은 다음
도회지에 데려다 묻는다

먼저 묻힌 할아버지 고모 삼촌들이
저마다 팔을 뻗어 반가운 표를 한다

삼척에서 꽤 떨어진 숲속 마을
나무 하던 할아버지
탄 캐던 아버지의
양복쟁이 맏아들도 여기 묻혔다

존더부르거 거리 51065
뮬하임 천주교인 묘지

아랍인이 사는 저택 옆 골목
밤나무 터널을 지나면 나온다.

목탁

홍사성

나는 그저
평범한
박달나무에 불과했다

장인의 손을 거쳐
비로소
속 둥글게 비웠다

평생 맡은 직분은
잠자는 세상
깨우는 것

갈수록 할 일 많아
날마다
또르륵 딱딱

아름다운 오만
— 오이디푸스에게

휘 민

　신이 인간을 창조한 진짜 이유가 우리에게 고통을 주고 그걸 견디내는 각자의 방식을 보기 위함이라는 생각이 떠나지 않을 때

　나약한 믿음이 우리를 구원할 수는 없지만 그럼에도 내일의 나를 인정하고 싶은 그 무모함이 우리를 살게 하는 거라고 믿게 될 때

　오이디푸스여, 심연 속에서 죽음을 살기 위해 스스로 제 눈을 찔러 삼세를 동시에 조롱한 자여! 부은 발등으로 자신의 관을 짊어지고 눈을 감은 채 햇빛 속으로 걸어간 자여!

　오이디푸스여, 절뚝이는 영혼의 부축을 받으며 우리는 이 광활한 우주 속에서 겨우 인간으로 살아남았구나

　영원에 대한 덧없는 믿음을 지팡이 삼아 앞이 보이지 않는 내일을 향해 한 발짝 더 내딛으며 그렇게 미완의 어제로부터 매일매일 아프게 도망가고 있구나

동국시집 50호

산문

몽치미, 우리 몽치미

서한숙

어릴 때 나는 박치기를 곧잘 했다. 아버지와 이마를 맞대고 겁도 없이 승부를 겨루었다. 잘한다, 잘한다는 소리가 들려 이마가 아픈데도 참아야 했다. 오직 박치기 한방의 힘을 뽐내려고 이마를 들이댔다. 그런데도 아버지는 나에게 박치기를 부추기며 장난을 쳤다. 이마가 벌겋게 되고도 맞붙었던 꼬맹이 자식의 속사정을 모를 리 없었다.

그 무렵만 해도 박치기는 놀이 삼아 즐길 만큼 인기스포츠였다. 이때 박치기왕은 김일 선수였다. 그런 까닭에 나는 거리에 나붙은 그의 사진만 보고도 힘이 생겼을 정도다. 그러던 어느 날 우리 집 앞 골목길은 사람들로 북적거렸다. 아이도 어른도 하나같이 흑백텔레비전 앞으로 모여들었다. 김일 선수의 박치기 중계방송을 보기 위해서였다.

나는 어른들 틈에 끼여 눈만 빠끔 내놓고서 그를 응원했다. 어른들이 환호하면 덩달아 소리치며 좋아했다. 이도 잠시였다. 진짜 경기의 잔혹함에 놀란 나는 내내 가슴을 졸여야 했다. 단순히 이마만 맞대고 겨루는 것이 아니었다. 링 안팎을 넘나들며 인정사정없이 치고받는 장면의 연속이었다. 그로 인해 나는 눈을 감기 일쑤였다.

반면에 어른들은 그런 상황을 즐겼던 것 같다. 두 눈을 부릅뜬 채 악착같이 "박치기, 박치기"를 외쳤다. 그 소리가 우리 집 뒤에 솟은 비봉산을 메아리쳐 동네방네 울려 퍼졌다. 그러자 쓰러졌던

김일 선수도 다시 일어나 박치기했다. 역전승의 한방이었다. 그것
도 한일전에서의 승리였다.

이에 신이 난 사람들은 서로 인사처럼 박치기하는 시늉을 했다.
그러다가 힘자랑을 하기도 했다. 우리 가족도 마찬가지였다. 심심
풀이로 둘러앉아 이마를 맞대며 승부를 겨뤘다. 형제들과 달리 내
맞상대는 주로 아버지였다. 그때마다 나는 박치기 한방의 힘을 뽐
냈지만, 아버지는 비틀거리는 표정으로 항복을 했다. 나중에야 알
았지만, 그것은 순전히 위장 항복이었다. 생떼를 곧잘 부렸던 나를
위한 아버지의 속임수였다.

비겁하게도 아버지는 승부를 겨룰 때마다 박치기하는 시늉만 했
다. 살짝살짝 치고받다가 내 이마가 벌겋게 달아올라 울음보가 터
지기 직전에야 항복했다. 그때마다 한쪽 눈을 찡긋한 채 나를 향해
엄지손가락을 들어 올렸다. 그러고는 "몽치미, 우리 몽치미" 하고
좋아하지 않았던가.

그렇다. 그때 내 별칭은 '몽치미'였다. 그것이 무슨 뜻인지도 모
르고 으스대곤 했다. 아버지가 '몽치미'라 부를 때마다 괜스레 어
깨가 으쓱으쓱했다. 넘쳐나는 자존감에 아버지를 들었다 놓았다
하는 힘까지 생겨났을 정도다. 그래서일까. 어머니와 말다툼 끝에
화가 난 아버지를 다독이는 일은 언제나 내 몫이었다. 누구보다도
내가 하는 이야기를 곧이곧대로 잘 들어주었기 때문이다.

뒤늦게야 아버지의 속마음을 헤아린다. 한낱 고집불통에 불과했
던 나를 몽치미로 거듭나게 한 과정이 눈물겹다. 어린 나에게 박치
기를 부추겼던 것이 장난만은 아니었다. 속임수든 아니든 그것은
어른이 된 지금까지도 힘이 되고 있다. 살다 살다 박치기하는 일이
잦았던 만큼 세상을 보는 눈도 따로 생겼기 때문이다.

거울을 마주한 나는 앞머리를 몽땅 걷어 올린다. 훤히 드러나는

이마가 뜬금없이 말을 건넨다. 어릴 때처럼 탱탱하지 않아도 마냥 살갑다. 한쪽 이마 끝에다 손을 갖다 대자 무언가 만져지는 것이 있다. 살짝 솟은 그것은 몽치미의 흔적이 아니던가.

한때는 그것을 반반하게 하려고 엑스레이까지 찍었다. 하지만 굳이 그렇게 할 필요가 없어 그냥 돌아섰다. 대신에 그 자리에다 앞머리를 살짝 늘어뜨리며, 바람머리, 애교머리로 변신하는 여유를 부렸다. 그러다가 한동안 '몽치미'란 존재 자체를 잊고 살았다.

세월에 씻겨 그 자리도 제법 반반해지고 있다. 박치기로 몽쳐져 만져야만 보인다. 나잇살과 더불어 자연미가 어우러져 알아차리기도 쉽지 않다. 그런데도 나는 그것을 찾아 만지작거리다가 씨익 웃는다. "몽치미, 우리 몽치미"하고 부르는 아버지의 음성이 들리는 것 같아서다. 어찌하랴. 나를 맞상대할 사람이 보이지 않는다. 오래전에 아버지가 떠났듯이 형제들도 하나, 둘 저리로 떠나면서. 아스라이 남아있던 가족사진에도 구멍이 숭숭 뚫려 온기를 찾을 길이 없다. 잘한다, 잘한다는 소리가 예전처럼 들리지 않아 박치기하는 시늉조차 무색하다.

불쑥 솟는 그리움에 나를 닮은 흔적과 맞닥트린다. 만져야만 보이는 몽치미의 흔적이 아니던가. 더는 감출 것이 없는 편안함에 조용조용 들여다본다. 더러는 아물기도 전에 박치기하다가 상처가 덧난 적도 있고, 그것이 곪아 터진 적도 있다. 한번 가면 오지 않는 사람처럼 아물어지면 이 또한 사라지는 줄로 알았다. 그렇다고 영 사라지는 것은 아닌 모양이다. 이도 저도 오롯한 그리움으로 남아 몽치미의 속사정을 들춘다.

미당 선생님과의 인연

신상성

내가 동국대 국문학과를 지원한 동기는 전혀 미당未堂 서정주의 '국화 옆에서' 등에 감동되었기 때문이다. 경남 마산고교 때 국어 교과서에 실린 그 시를 동국대 출신 국어 선생님이 얼마나 열강을 했던지 남몰래 미당 선생님을 흠모해 오다가 결국 동국대 국문학 과에 시험을 쳤다.

그렇게 1963년에 입학하면서 미당 선생님과 사제지간 끈질긴 인연이 되었다. 그 이후 별세하시기 전까지 이승의 속 깊은 스승으로 모시고 살아왔다. 문학에 목숨을 건 우리 입학 동기들은 당시 마포 공덕동의 서정주, 정릉의 조연현, 미아리 고개 양주동, 광화문 이병주 교수님 댁을 순회하곤 했다.

햇병아리 신입생인 우리에게 사모님들은 으레 술상을 내오셨다. 가난한 우리는 술 생각이 나면 염치 불고 찾아간 것이다.

"내가 6.25 피난 통에는 광주에 잠깐 있었제, 매일 굶기를 밥 먹듯 했응께네. 그때 내 젊은 신혼 새색시가 어디서 얻어 왔는지 양식을 조금 얻어오면 온 식구들이 달려들어 겨우 땜질하곤 했지러. 그때의 초기 시들이 진짜 내 시편들이여…"

"미당 선생님, 그때 원고들이 다 지금 있나요?"

"글쎄, 어디 찾아보면 있을지도 모르지만, 무지하게 써 제꼈제. 몽당연필에 침 칠해 가매 담배 껍질에도 썼었제… '자화상' 같은 건 그때 초안이 나왔던 게야."

우리 햇병아리 문학 지망생들에게 미당의 그런 이야기들은 그 어떤 전쟁터의 장군 무용담보다 더 큰 감동을 주었다. '북에는 정지용, 남에는 서정주'라고 할 정도로 한국시의 대표적 거인이 아닌가. 한때 노벨문학상 후보에도 오르내렸다. 때로 밤늦게까지 떠드느라 미당 자제분들 밥상에까지 눈치코치 없이 얻어먹기도 했다.

교실에서 한 강의보다 막걸리 양재기 사발에 끓어 넘치는 사랑방 문학 이야기가 더 정겨웠다. 그때 미당으로부터 처음 이상의 '13번째 아이가 무섭다고 그러오' 말라르메의 '상징시' 그리고 국보 제1호 양주동 무애 선생님의 신라 향가 재해석 등 무지한 인문학적 매력의 늪에 빠졌다.

또한 '동국문학회' 동아리 모임에서는 한 해 위 홍기삼, 조정래, 문효치, 강희근 선배들의 주머니를 털기도 했다. 또는 대한극장 앞 중부시장 쌍과부 술집 벽에 외상 작대기를 마구 그어대며 얼토당토않은 문학 토론에 시뻘건 눈으로 며칠 밤을 꼬박 새우는 치기도 부렸다.

험한 군 복무 기간에도 휴가 때면 역시 정릉, 공덕동, 미아리를 차례로 돌면서 인사를 드렸다. 월남 백마부대 파병 때만 빼놓고 제1공수특전단, 동부전선 최전방 DMZ 등에서 휴가를 나오면 사실 갈 데가 없었다. 우리 집은 함흥에서 피난 온 38 따라지여서 가까운 친척도 없다. 중·고교도 마산 촌놈 출신이어서 등허리 비빌 데가 별로 없었다. 60년대 당시 GNP 약 60달러였으니 주변 모두가 너무 가난했다.

60년대 초 학부 시절부터 80년대 초 대학원과정에 이르기까지 아니 그 이후, 미당 교수님의 임종까지 나에게는 한용운의 '님의 침묵' 첫 키스 같은 큰 깨달음의 문학적 가치관을 화두로 받았다. 가깝게 무릎을 꿇고 인간과 인생의 가르침을 받았다. 미당은 학부 때

나 대학원 때나 한결같이 한밤중 마당에 핀 국화와 같이 환하게 미소를 지으셨다. 늘 '화사집花蛇集' 같이 조용히 깊게 말씀하시었다.

여름이면 사모님의 지극한 정성이 스며든 흰 모시 적삼을 받쳐입고, 고향 '질마재 고개'를 천천히 넘어가듯 제자들을 고개 너머로 밀어주셨다. 한용운, 양주동, 조연현, 서정주 선배들의 혼령에 의해서 우리 동국대 국문학과가 아직도 정통 한국문학사의 등뼈로서 시퍼렇게 살아오고 있는 게 아닐까.

그러한 결과가 신경림의 〈농무〉, 조정래의 〈태백산맥〉, 황석영의 〈장길산〉 등으로 남산 바위에 동국대의 문학적 쇠철심 핏줄을 확실하게 심어놓은 것 같다. 만해 이후, 한국 현대문학사의 중요한 '동대 100년의 동국문학사'도 빼놓을 수 없겠다. 나는 1970년 졸업한 이후, 1979년에 대학원 공부를 한답시며 다시 모교의 문을 두드렸다. 공부를 계속하고 싶었지만, 경제적 문제로 약 10년 만에 석사과정 시험을 쳤다. 이해에 동아일보 신춘문예에 소설 '회귀선'이 당선되자 이병주 교수님이 대학원 석·박사과정에 최우수 성적 장학금을 5년간이나 덜컥 지원해 주셨다.

이때 내가 강의하던 '영어원서강독' 시간에 당시 1학년 신입생이었던 윤재웅 총장과도 인연이 되었다. 윤 총장은 고창 '미당기념관' 유리관에 나의 미당에 관한 리포트를 기념물로 보관해 주었다. 그러한 사실도 몇 년 후에 다른 문인으로부터 전해 들어 알게 되었다.

어쨌든 나의 60년대 누더기 청년 시간은 우리 동국대 국문학과가 살려주었다. 뜨거운 나의 모교가 있었기 때문에 나는 오늘 이렇게 낙서까지 할 수 있다는 것에 대해서 선배님 그리고 교수님들 큰 고마움을 느낀다. 특히 우리 캠퍼스 본관 앞 청동입상 부처님에게 다시 한번 연기법緣起法을 소환해 본다.

오빠 생각과 아욱국

유혜자

　선선한 바람이 불어오는 가을 저녁이면 부드러운 아욱 된장국이 생각난다. 우리 속담에 '가을 아욱국은 문을 걸어 잠그고 먹는다.'라고 할 정도로 서리가 내리기 전의 가을 아욱은 특히 맛이 좋다. 칼슘이 풍부하여 성장기 아이들 발육에 이롭고 식이섬유가 풍부하여 변비 해소에 효과적이라고도 한다. 이런 영양학적 이론을 모르던 우리 할머니도 어렸을 땐 '영양분이 많아 키도 잘 큰다.'고 권해 주었지만 미끄덩거리는 것이 싫다고 먹지 않았었다.

　　"기럭기럭 기러기/ 북에서 오고/ 귀뚤귀뚤 귀뚜라미/ 슬피 울건만/ 서울 가신 오빠는/ 소식도 없고/ 나뭇잎만 우수수/ 떨어집니다."

　동요 「오빠 생각」의 2절 가사이다. 뜸부기 뻐꾸기 등 토착 새 이름과 오빠를 그리는 서러운 감성이 진한 이 노래를 조국 광복 후 초등학교에 다녔던 우리 세대는 자주 불렀다. 실제로 오빠가 있거나 없거나를 막론하고 노래하면서 봄에 서울로 떠났던 오빠가 왜 귀뚜라미가 우는 가을이 되어도 소식이 없을까. 나뭇잎만 우수수 떨어지는 가을에도 왜 소식이 없을까 궁금해하면서 오빠에 대한 기다림을 애달프게 생각했었다.
　성장해서는 동요 「오빠 생각」을 부르지 않으면서도 가을바람이 불면은 "서울 가신 오빠는/ 소식도 없고/ 나뭇잎만 우수수/ 떨어집니다."라는 가사가 생각나고 돌아오지 않는 '오빠'가 일제 강점기여서 혹시 징용으로 끌려간 것은 아니었을까 하는 생각에 가슴이 뭉클해질 때가 많았었다.

그런데 1970년대에 우연히 「오빠 생각」을 쓴 고 최순애(崔順愛 1914-1998) 시인을 잠깐 뵌 적이 있었다. 사당동(남현동) 예술인 마을에 사시는 미당 서정주 선생님께 동료 PD와 인터뷰를 하러 갔을 때였다. 막 외출에서 돌아오시는 선생님을 마을 입구에서 만나서 댁으로 향하고 있었다. 당시 예술인마을에는 주택이 꽉 들어차 있지 않아 빈터에 채소를 가꾸는 주민들이 있었다. 그날 선생님께서 채소밭에서 일하는 한 아주머니를 가리키며 '저분이 「오빠 생각」을 쓴 최순애라는 분'이라고 하셨다. 선생님 댁과 마주 보는 댁에서 사시는데 어렸을 때 재주를 포기하고 어려운 살림에 남편 내조를 잘하고 있다고 하셨다. 반가운 마음에 「오빠 생각」의 오빠가 왜 소식이 없었는지 여쭈어보고 싶었는데 곱상하게 웃는 모습에 그냥 목례만 하고 지나쳐서 아쉬웠다.

그러나 최순애 작가 오빠의 정체를 미당 선생님에게서 들을 수 있었다. 동경으로 유학했던 오빠 최영주(崔泳柱, 본명 최신복 1901-1945)가 관동 대지진 때 조선인 학살을 피해 돌아왔으나 서울에서 어린이 계몽운동과 독립운동을 하느라 수원의 집에 있지 않았다. 한 달에 한 번도 집에 못 오는 오빠는 일본 순사들의 눈을 피해서 숨어 있어야 했다. 그 오빠를 누이동생은 서울 하늘을 바라보며 그리워하다가 「오빠 생각」을 썼다고 한다. 그런데 그 동시를 12살의 소녀가 썼다는 것이었다.

오빠가 소파 방정환이 만들던 잡지《어린이》에 그 동시를 보내 당선작으로 글이 게재되었던 것이 1925년 4월이었다. 후에 남편이

된 이원수(李元壽 1911-1981)의 「고향의 봄」이 다음 해(1926년) 《어린이》에 발표되었다.

이원수와 최순애는 서로의 작품을 너무 좋아하여 펜팔 편지를 나누고 사진을 보내면서 20대가 되자 혼인을 약속했다고 한다. 20대가 된 두 사람은 어느 날 최순애가 살던 수원역에서 만나기로 했으나 이원수 선생이 그 자리에 나타나지 않았다. 당시 이원수 청년은 독서회를 통해 불온한 행동을 했다는 이유로 일경에 잡혀 1년간 감옥에 있었다. 최순애 선생 댁에서는 그를 기다리는 것을 말렸지만 최 시인은 이 시인이 풀려날 때까지 기다렸다가 1935년 6월 혼인을 했다. 방정환과 함께 일했던 오빠 최영주 씨가 청년 이원수 씨의 재주를 알아보고 적극적으로 도와주었다고 한다.

일제 식민지 시대의 대표적인 동시 「고향의 봄」과 「오빠 생각」은 각각 홍난파와 박태준 씨의 작곡으로 지금껏 애창되고 있는 노래이기도 하다.

근년(2018.7월호 월간조선 「藝家를 찾아서」)에 자녀와의 인터뷰에서 "아버지(이원수)는 어머니(최순애)를 만나 덕을 봤죠. (웃음) 안 그랬으면 작가 생활을 제대로 하셨을까요? 모든 면에서 어머니는 참고 이해하며 지원을 하셨으니까.", "미당 서정주 선생님이 맨날 그러셨어요. '우리 두 사람은 마나님을 잘 만나, 마나님 덕에 산다고요. 보통 아내 같았으면 다 도망갔죠.' 이원수 씨는 최순애 씨 때문에 살았고, 당신이 쓰신 문학작품도 어머니가 맨날 읽어주고 '잘 쓴다, 잘 쓴다'고 격려하고 이해해 주셨으니까(작가노릇) 할 수 있었지요"라고 차녀 정옥이 어머니의 헌신적인 모습에 대해 회고한 것을 보았다.

1970년대 서정주 선생님의 인터뷰로 사당동에 갔던 우리 일행이 녹음을 마치고 돌아오려고 할 때 마당의 댓잎들을 비추던 가을 햇볕이 막 넘어가고 있었다. 앞치마를 두른 사모님께서 부엌에서 나오시며 '찬은 없지만 구수한 아욱국을 끓여 놨으니 저녁을 먹고 가라'고 우리를 붙드셨다. 앞집 사모님 최순애 님이 기른 싱싱한 아욱을 많이 주셨다는 것이었다.

　그날 먹은 구수한 아욱국의 맛과 최순애 시인의 곱고 넉넉한 인품이 생각나는 가을 저녁이다.

부처님 오지랖과 서정주·고은 시인

이경철

'오지랖'과 '금도襟度'라는 그 좋은 말이 오남용되고 있다. 오지랖이나 금도는 겉저고리 옷자락에서 나온 말로 감싸는 포용력, 도량이 넓다는 뜻. 그런데 요즘은 '오지랖이 넓다'는 '주제넘게 이일 저일 간섭하려 든다'는 뜻으로, 금도는 '벗어났다'는 비난으로만 잘못 쓰이면서 사회가 날로 강퍅하고 무서워지고 있다.

정치도 그렇고 사회에서도 오지랖이나 금도가 넓은 사람보다는 좁은 사람들이 판을 치고 있는 것 같다. 상대방은 아랑곳없이 목소리가 송곳 같은 사람만이 득세하며 우리네 가없이 넓고 깊은 삶을 둘러볼 여유를 못 갖게 하고 있는 것 같다.

서정주와 고은, 우리 시대를 대표하던 두 시인의 현 상황을 떠올리면 땡감 씹은 듯 아리고 떫다. 야박하고 무섭다. 우리 시대와 사회의 오지랖이 이것밖에 안 되어야 하는지 묻고 또 묻지 않을 수 없다.

"내가/ 돌이 되면// 돌은/ 연꽃이 되고// 연꽃은/ 호수가 되고,// 내가/ 호수가 되면// 호수는/ 연꽃이 되고// 연꽃은/ 돌이 되고."

1968년에 펴낸 서정주의 다섯 번째 시집 『동천冬天』에 실린 시 「내가 돌이 되면」 전문이다. 법계 무진연기가 물 흐르듯 자연스레 흐르고 있는 시다. 신라정신과 불교, 즉 영통靈通과 영교靈交, 그리고 윤회전생輪廻轉生으로 이어지는 진경珍景을 보여주는 시집이 『동천』이다.

그 시집 뒤에 실린 글에서 서정주는 "불교에서 배운 특수한 은유법의 매력에 크게 힘입었음을 여기 고백하여 대성大聖 석가모니께 다시 한 번 감사를 표한다"고 밝혔다. 그래서인가. '산은 산이오, 물은 물이다'는 고승高僧의 어법처럼 자연스럽고 훤한 시다. 그래 번역, 소통으로도 아무런 어려움이 없는 이 불교문법의 시를 외국인들도 무척 좋아하고 있다.

서정주는 19살 때 석전 박한영 대종사한테 서울 동대문 밖 개운사에서 머리를 빡빡 깎고 중이 됐다. 석전은 유불선儒佛仙에 두루 통달한 대학자로 오랫동안 종정을 역임했고 그 문하에서 이광수, 최남선 등이 수학했고 한용운도 스승으로 모시며 적잖은 헌시獻詩를 짓기도 했다.

아침저녁 예불도 올리고 『능엄경』도 부지런히 읽으며 개운사에서 겨울과 봄을 난 서정주는 여름이 되자 석전의 허락을 얻고 여비도 타서 참선하러 금강산 장안사로 갔다. 그 절에 주석하던 만공선사를 찾으니 "중이 되려면 여간 각오로 안 되는 것이니, 뒤에 후회 않겠는지를 많이 생각해 보라"라는 말만 한 뒤 본체만체하고 예쁘장한 여승들과만 어울리더란 것이다. 그래 이튿날 "후회할 것 같아 그냥 가겠습니다"하고 돌아왔다.

절을 떠나 서정주는 부지런히 시를 써 우리 민족시의 전통을 흐르는 강심수江心水가 됐다. 민족의 정한情恨을 모국어의 혼과 가락으로 풀어내 반만년을 살아온, 앞으로도 민족의 가슴속에 살아갈 시인이 됐다. 서정주 시를 통과하지 않고서는 우리 민족혼과 모국어의 깊이와 넓이에 이를 수 없다는 것을 시인들은 물론 많은 국민이 잘 알고 있다.

"다 무엇이 되어가고 있다/ 이때가/ 가장 한심하여라/ 칼로 쳐라// 다 무엇이 되어가고 있다/ 소가 소고기가 되는 동안"

고은이 1991년 펴낸 신작 시집 『뭐냐, 고은 선시禪詩』에 실린 시 「소고기」 전문이다. 부처를 만나면 부처를 죽이고 새로운 길로 들어서듯 머물러 무엇이 되려 하지 말고 바람처럼 떠돌라는 시다. 무엇이 되려는 집착으로 한 세계에 머물면 소가 생명을 접고 소고기가 되는 것과 무에 다르겠는가.

"존재란 없어. 행行이 있을 뿐이지. 내 생이 동사動詞이듯이 내 죽음도 동사일 거야. 요컨대 이 세상의 지地, 수水, 화火, 풍風이 떠돌고 흐르고 돌고 돌지. 무엇이 무엇이 되고 또 무엇이 되지."

고은은 동사의 삶이고 동사의 시인이다. 머묾도 떠남도 생사도 없는, 윤회를 완전히 벗어난 '무여열반無如涅槃'이 아니라 머물음 없이 떠나고 또 떠나는 '무주열반無住涅槃'을 꿈꾼다. 무엇이 무엇이 되고 또 무엇이 되는 전화轉化로서의 행이 삶과 우주의 본질 아니겠는가.

고은은 18세에 출가, 효봉 스님 밑에서 '일초'라는 법명으로 10년간 수행했다. 일초一超는 '단번에 뛰어넘어 부처의 지경에 이른다 (一超直入如來地)'는 말이다. 그런 법명답게 시인은 한순간도 한 세상에 머묾 없이 활동하고 시를 써 시집만도 시인이 셀 수 없이 많다. 시세계가 거침없이 호방해 리얼리즘이니 서정이니, 선시니 민중시니 따지는 것을 하찮은 소인배 짓거리로 만들어 버린다. 그 넓고 깊은 세계를 호방하게 묶고 있는 것은 불교다.

그런 서정주, 고은 시인이 지금 우리 시대의 질타를 받는 딱한 처지에 놓여 있다. 그 좋은 시편들이 삭제되고 매장당하고 있다. 시류時流에 휩쓸릴 수 없는 우리네 마음자리, 어떤 한 면만으로 재단되어서는 안 되는 다층적 삶의 깊이와 자존을 위해 사회와 시대의 오지랖과 금도가 좀 더 넓었으면 한다.

"소낙비가 퍼붓습니다. 모두 유죄입니까?/ 속절없이 날은 저물어 달빛 늑대인가 했더니/ 제 새끼마저 다 물어 죽일 태세의 개들이 울부짖고/ 낯익은 살모사들이 구두 속에 똬리를 틀고 있다// 오늘도 낮은 산에 가려 지리산이 보이지 않고/ 가시덤불 속에서 헤매느라/ 천년 향나무, 당산나무 신목이 잘 보이지 않는다/ (중략)/ 고장 난 신호등 아래 홀로/ 살모사를 목에 감고 오체투지를 하는 동안/ 대한민국 시의 오줌발은 쪼르르 너무나 약해지고/ 소위 문단의 만년필 육필은 주머니 속의 갯지렁이가 되었다"

지리산자락에 사는 이원규 시인이 근래 발표한 시 「대한민국 시의 오줌발이 약해졌다」 부분이다. 작금의 맥 못 추는 우리 문단과 문화계에 실감으로 위 시가 다가왔다. 사회와 문화의 당산나무, 대들보 구실을 해온 시인의 삶과 문학을 뽑아버리니 우리네 삶과 문화의 오줌발이 너무나 약해졌다는 구절이 확 꽂혀오고 있지 않은가.

없는 마음

이명지

밤새 일렁이던 수국 그림자가 보이지 않는다. 무성하게 키를 키우던 목수국이 자꾸 거실을 들여다봐 '관음觀淫 수국'이라 이름 붙인 녀석들이 안 보인다. 내다보니 모두 가지런히 고개를 숙이고 있다. 밤새 내린 비에게 무슨 야단을 맞았길래.

"너희들 자꾸 남의 창가 기웃거리다 간밤 빗님한테 야단맞은 거지? 그런 거지?"

고개를 늘어뜨리고 엉켜있는 게 가여운 생각이 들어 머리 무게를 줄여주려고 몇 송이를 꺾어 들여왔다. 무게를 감당할 큰 도자기 화병에 꽂아 식탁 위에 올렸더니 식탁을 절반이나 차지하고 앉았다. 집안을 들여다본다고 타박하던 수국을 아예 안으로 들여 자리를 내주고, 한쪽으로 옹색하게 비켜앉아 채소 샐러드를 우적우적 씹으며 무심히 바라본다. 한번 꺾인 고개는 쉬 펴지지 않는지 화병에서도 여전히 숙인 모양을 하고 있다. 무게를 감당하는 일은 너나 나나 벅차긴 마찬가지구나! 생각하니 묘하게 위로가 된다.

밀려드는 원고를 감당하느라 며칠째 쩔쩔매고 있었다. 욕심이 낸 무게. 감당할 수 있으리라 받아든, 교만이 만든 허명의 무게다. 커피를 연달아 마셔대다가, 와인도 마셔보다가 생몸살을 앓는데 그제 내 책 한 권을 가져간 글 선배가 톡을 보내왔다.

"당신 책을 읽는데 아파. 여운이 길어. 당신 삶을 응원해!"

나는 당장 그 응원의 꼬리를 잡고 징징댔다. "글이 안 써져서 미쳐버릴 것 같아요! 욕심을 너무 냈나 봐요. 아무것도 건져 올릴 게 없어요. 텅 비었어요."

"비어있으니 통할 거야. 나는 말이야, 사다리를 타고 어렵게 어렵게 올라가 보니 그 끝이 텅 비어있더라. 비어있어 통하더라. 그래서 보이더라!"

파킨슨이라는 남자친구에게 생을 걸고 살아내고 있는 그녀의 목소리가 폐부를 찔렀다. 자신이 앓고 있는 병을 남친이라고 소개하는 선배의 말에 관음觀音 보살이 들어 있었다. 글이 안 써진다는 나를 도우려 선배는 황인찬의 시 '없는 저녁'을 보내왔다.

혼자 흔들리는 그림자가 있고
그걸 보며 밤새 우는 사람이 있고

그걸 사랑이라 칠 수는 없겠지요
하지만 그러지 못할 것도 없겠습니다.

인생은 없는 마음에 하나씩 이름을 붙여가는 과정인가? 의미를 부여하는 방식이 살아가는 과정인가? 맞다. 그러지 못할 이유 또한 없지 않은가. 텅 비어 아무것도 없는 마음에 하나씩 의미의 이름을 부여한다면 사랑하지 못할 게 없구나. 선배는 파킨슨 씨를 끌어안고 쓰다듬고 비비며 산다. 그러면서 예전보다 더 왕성한 집필을 하며 튼실한 옥동자를 계속 생산해내고 있다. 불친절한 남친이지만 덕분에 행복한 게 더 많아졌다면서….

누구를 위해서 글을 쓰는가? 무엇을 위해 이 창작의 고통을 기꺼이 감내하는가? 누구를 위해 이토록 간절하게 몸부림치는가? 답은 진즉 나와 있다. 누가 나를 위해 울어줄 사람이 필요한, 내 생을 대신 울어줄 곡비가 필요한 것이다. 작가는 작가대로, 독자는 독자대로. 작가는 내 글을 읽고 함께 공감해줄 사람이 필요하고 독자는 내 심경을 들여다보듯 표현해주는 작가에게서 위로를 받는 것이다. 그것은 서로의 생을 대신 울어주는 힘이 된다. 속 깊은 친구가 된다. 시인의 말대로 그걸 사랑이라 칠 수는 없겠지만, 그러지 못할 것도 없지 않은가.

찻잎이 혼자 선다거나
멀쩡한 그릇이 혼자 깨지기도 하지만

해가 길어진 여름 저녁
거실 벽에 생긴 그림자를 보고도 이제는 놀라지 않습니다

한 송이가 한 아름인 목수국 꽃송이가 부처의 머리를 닮았다. 불두화라는 꽃도 있지만 우리 집 라임라이트 목수국은 불두화의 열 배 크기로 비슷한 모양새다. 3년 전 전원주택으로 이사 오면서 친구의 이사 선물로 네 그루를 심었다. 내 마당에서 네 번째 여름을 맞은 수국은 풍성하게 몸집을 불리고 키를 키우더니, 올해는 급기야 반 층 계단 위 거실 창가를 기웃거리도록 키를 키웠다. 저녁 달빛에 그림자로 넘실대는 게 자꾸 감춰둔 내 안의 외로움을 건드려대 '관음증 수국'이라며 미운 이름을 붙이고 꽃송이가 다 피면 꺾어버려야지 벼르던 참이었다. 그런 수국이 하룻밤 새 일제히 창가에서 사라졌다. 간밤 비에 제 무게를 못 이겨 고개를 떨군 게 꼭 야단맞은 아이 같다. 속으로 고소해하며 몇 송이 꺾어 들여놓고 보니 꽃송이가 남김없이 활짝 피어있다. 작은 고깔이 송이송이 피어 큰

송이를 이룬 수국의 만개, 더는 부족함이 없는 상태로 만개해 부처의 상을 하고 고개를 숙인 수국이었다. 가슴이 철렁하도록 겸허한 모습이었다.

아, 너는 관음증이 아니라 관음보살이었구나! 자꾸 나를 들여다본 것은 텅 빈 것을 못 견뎌 하는 나를 살펴주려 한 것이었구나. 내 마음을 살핀 것이었구나….

오늘 내가 기댄 어깨는 참 따뜻했다. 선배의 파킨슨 씨가 오늘 정중했기를, 사랑스러웠기를 기도하게 했고, 없는 마음에 이름 하나 얹은 우리 집 관음 수국도 마음으로 끌어안게 했다. 이걸 사랑이라 말하지 못할 이유도 없지 않은가!

돈이 없지 가오가 없냐?

이신백

"돈이 없지 가오가 없어?" 한국 최초 세계적인 '월드 스타'의 삶을 살다가 향년 56세의 젊은 나이에 최근 갑자기 타계한 영화배우 강수연이 사석에서 주위 사람들에게 자주 하던 말이다. 카리스마 있고 불의 앞에서 단호히 행동해 '깡수연'으로도 불렸다니 그의 면모가 느껴지기도 한다. '여자라는 이유만으로 함부로 하는 건 나이와 지위를 막론하고 못 받아들인다'고 잘라 말했다는 지난해 신문 보도를 접하고 내가 살아온 지난 22년을 소환해 본다.

은행계 직장에서 억울하게 강제 명예퇴직 당한 지 올해로 만 22년이 된다. 반세기 전 직원 채용고시에서 수석 합격하고 사내 영어시험에서도 1등을 하는 등 조직 내에서 여러모로 객관적 능력을 인정받고 청춘을 바쳤다. 회장은 내가 문화과장 시절 직원 조회 석상에서 공개적으로 두 차례나 일 잘한다고 칭찬하기도 했고 재직 중 회장상을 여섯 차례 받았다. 지부장 때는 그룹 최하위 경영실적을 낸 적자(5억 원)점포를 맡아 흑자(5억 원) 시지부로 끌어올리는 한편 지부(점)장에 대한 직원 다면평가에서 도내 2위를 기록하는 등 능력을 발휘해 도 지역본부에서조차 실력을 인정했고 지역본부장상도 받았다. 그런데도 객관적 경영 능력을 도외시한 채 지천명의 나이에 영전은커녕 '약육강식의, 학연, 지연, 돈과 빽의 후진적 정실인사 관행'으로 또다시 경영여건이 전국 최악인 서울시내 지점장 인사발령을 받는다. 부실 대출로 껍데기만 남은 최악의 지점

발령에 오십 줄을 갓 넘긴 나이에, 실망과 좌절감, 허탈감으로 괴로워하며 분골쇄신하는 와중에 정신병원에 입원하는 등 우여곡절 끝에 2001년 말 허울 좋은 (불)명예퇴직을 당한다. 퇴직 후 4년 동안 삶과 죽음의 갈림길에서 헤매다 기사회생하는 '기적'을 이루고 살아간다.

퇴직 후 지난 22년 동안 참으로 많은 우여곡절을 겪으며 산다. 어느덧 망팔望八의 나이, 인생 황혼 길에 들어섰다. 강제 명퇴 후 살아야겠다는 결심이 서자 그간 살아온 방식대로 진인사대천명을 좌우명 삼고 긍정적, 능동적, 적극적인 자세로 꿈과 희망, 열정과 도전정신으로 무장하여 험한 가시밭길 헤치며 기필코 명예회복을 해야겠다는 일념으로 오늘에 이르렀다.

한 예로 2010년 G20 서울정상회의 때 영어 통역 자원봉사를 한 후 자원봉사 수기 공모에서 최우수상을 수상하고 청와대 초청(2011.1.4.)을 받기도 했다. '현대실업대표(현대 아파트에 사는 실업자 대표)'가 청와대 초청을 받은 경험이 있는 국민은 없을 것 같아 자부심을 느낀다. 또한 대통령 직속 민주평화통일자문위원으로 위촉(2009)된 후 십년 간 활동하면서 상생과 공영의 평화통일 기반조성에 기여한 공로를 인정받아 대통령상(2012)을 수상했다. 한 정당의 농축산정책자문위원으로 위촉되어 수년간 활동하는 한편 농민단체에 소속되어 농업, 농촌문제 정책 활동을 통하여 농업, 농촌의 안정적 성장과 발전에 기여한 공로로 한국농어촌공사 사장상(2011)을 받기도 했다. 또한, 문학 분야에 입문하면서 만해 시인학교장상(2006, 2009)과 만해 백일장에서 한국불교문인협회장상(2017)을 수상하는 한편 한국문인협회 회원이 되어 문단 활동에도 열심이다.

등단 후 문학에 대한 기초실력을 갖추고자 한국방송통신대 국어국문학과에 편입하여 한자 능력 2급 자격증(2007)을 취득하는 한편 학생회 임원으로 활동하면서 국문학과장상 수상과 문학사 학위증(2018)을 받았다. 또한, 재학시절 방송대 중앙도서관에서 발간한 자서전 〈길 위에서 나를 발견하다〉 제하의 책(2017 발행)에 '뼉으로 가득한 세상, 깡으로 버텨온 인생'이란 자서전 글이 19쪽에 걸쳐 실렸다. 그 밖에 서울문화사학회와 도봉구청 및 관내 문화원, 문인협회 등 지역공동체에서 활발하게 봉사활동을 한다. 또한 '농업 관련 단체 임원으로 8년간 활동하면서 '농협, 내부혁신이 먼저다'는 기고문(2009)이 중앙 일간지에 실리자 농협은 이를 내부 전산망에 등재하여 직원들이 읽어 보도록 했다. 중앙 일간지사와 00 재단 공동으로 실시한 '한국 농협 길을 묻다' 에세이 공모전에 "농협, '생산자 단체'라는 울타리에서 벗어나라"라는 글이 당선되었고 언론사는 당선작을 모아 책(2015)으로 펴냈다.

한편 지난 22년 동안 통일 외교 안보 분야 세미나 등에 250여 회, 농업·농촌 문제와 국민 통합 문제 토론회 등에 250여 회 참석하여 견문을 넓히며 '학생, 연구자스런' 삶을 산다. 문재인 정부 초기 국민 참여 공모를 통해 문화재청 정책평가위원(2018)으로 위촉되어 과課별 정책을 실제 평가하는 소중한 경험도 있다. 이제 나의 인생 기록을 남기기 위한 자서전, 수필집, 시집 출간을 준비 중이다.

현대 경영학의 아버지 피터 드러커(1909-2005)는 '21세기 지식 사회에서는 배움에 멈춤이 없다'고 했다. 맞는 말이다. 노벨문학상 수상 작가 헤밍웨이(1899-1961)는 '좋은 글을 쓰려면 먼저 재능이 있어야 한다'라고 했지만, 구양수(1007-1072)의 삼다법三多法을 가슴에 새기면서 정년도 강제 명퇴도 없는 문학 활동과 더불어 좋은 글, 읽히는 글을 쓰기 위해 노력한다.

비록 실패한 인생이나 남은 인생 '아무나 밟을 수 없는 삶'을 살겠다고 다짐하면서 고인이 된, 월드 스타 강수연의 말을 패러디해본다. 역대 회장들이 인사철마다 강조해온 '적재적소, 능력 위주 신상필벌, 청탁 배제' 인사 4대 원칙과 인사 규정 등을 무시하고 20세기 마지막 해 직장 정기 인사를 관행이 된 정실 인사로 필자를 농락(?)한 박 부회장과 손 상무에게 묻고 싶다. "내가 비씨(BC·Background & Cash)카드와 당신들과 학연이 없지 능력(Ability)이 없냐?"고.

이 순간 가슴에 분노의 용암이 끓어올라 왼손 주먹을 불끈 쥐고 혼술하며 홀로 벽을 향해 건배를 한다. 해당화!(해마다 당당하고 화사하게 살자! 해마다 당신만 보면 화가 나!) 흰소 파이팅!

대전현충원

이흥수

문자가 왔다. 친척 언니가 대전현충원에 가기 위해 3월 8일 10시 30분까지 서울역 대합실에서 만나자는 내용이다. 작년 연말부터 함께 가보기로 했지만, 코로나가 점점 더 기승을 부려 가지 못한 아쉬움에 이제나저제나 연락을 기다리고 있었다. 아침 일찍 좌석 버스를 타고 수지에서 고속도로를 지나 서울로 접어들었다. 길목부터 낯익은 곳곳의 추억들을 되살리느라 1시간 남짓한 시간이 언제 지났는지 모르게 서울역에 도착했다. 정신을 차리고 부랴부랴 들어선 서울역대합실은 얼마 만에 마주하는 풍경인지 감회가 새로웠다. 까마득한 옛날 수없이 경부선 열차를 타고 내리던 풋풋한 학창시절이 떠 올랐다. 여전히 오고 가는 사람들이 붐비는 사이로 언니를 만나 현충원에 가기 위해 대전행 ktx에 올라탔다.

좌석 번호를 찾아 창가에 앉았다. 창 너머 봄볕이 환하게 펼쳐지는 길을 따라 꿈처럼 지나간 아버지의 안장식 장면이 하나하나씩 스쳐 지나갔다. 작년 8월 하순 여름 장마가 이어지던 날이었다. 새벽 장례미사를 마치고 대전현충원으로 가는 도중에도 비는 줄곧 내리고 있었다. 걱정스러운 마음에 핸드폰으로 대전지역 날씨를 실시간으로 검색했다. 안장식이 예정된 오전 11시에서 12시까지 비가 잠시 그친다는 표시가 있었다. 설마 하면서도 일기 예보를 믿고 싶었다. 현충원에 도착하자 모두 잠깐 휴식을 취하고 음료수로 목을 축이는 동안 기다리던 어머니의 운구차도 도착했다. 서서히 운구차가 출발하여 독립유공자 6묘역 가까이 다가서자 비가 조금씩 잦아들기 시작했다. 보훈처에서 나온 여러분들이 미리 천막과 안장식을 위한 모든 준비를 해놓고 운구할 군인들도 대기하고 있었다. 부모님의 영정 앞에서 안장식이 엄숙하게 진행되는 동안 비는 그치고 구름 사이로 햇빛이 나기 시작했다. 모든 행사가 끝난 뒤 나란히 두 분을 합장하는 과정은 슬프면서도 감사의 기도가 저절로 나왔다. 78년을 해로하시고 4일 간격으로 돌아가신 부모님이 함께 계시는 대전현충원은 고향처럼 마음 따뜻한 곳이다.

　한참 기억 속을 헤매다 대전역이라는 안내 방송을 듣고서야 서둘러 내릴 준비를 했다. 우리는 현충원 전철역에서 보훈 모시미 셔틀버스 기사의 안내로 먼저 독립유공자 3묘역을 찾아갔다. 3묘역에는 언니의 부모님이 계시는 곳이다. 다행히 밝고 아늑한 묘역에서 경건한 마음으로 참배를 했다. 언니는 조부께서도 유림 출신을 대표하는 독립운동가로 임시 정부 부의장으로 활동하셨다. 남조선 대한민국 대표 민주의원을 역임하시고 유도회를 조직하여 회장 겸 성균관 관장을 맡아 성균관대학을 창립하여 초대 총장을 지낸 심산 김창숙 씨다. 조부님과 함께 북경에서 항일 투쟁을 하던 큰아버지가 일본 경찰에 체포되어 옥중에 19세 젊은 나이로 먼저 돌아가셨다. 언니의 아버지도 독립운동을 하며 3차례의 옥고를 치른 후 유증으로 언니가 5살 되든 해 돌아가셨다. 두 아들을 모두 민족의 독립을 위해 바친 집안이다. 조부께서도 복역하면서 모진 고문으로 하반신 불구로 불편한 여생을 보내시면서 해방 후에도 독재에 항거하며 민주주의를 위해 투쟁한 '이 땅의 마지막 선비'로 기억되고 있다. 묘역을 돌아 나오는 동안 언니의 지난 했던 가족사가 떠

올라 오늘따라 새삼스럽게 고맙고 미안한 마음이 들었다.

3월 초순인데 대전은 꽃샘바람도 없이 서울보다 한결 포근한 날씨다. 언니와 함께 우리 부모님이 계신 독립유공자 6묘역까지 이정표를 따라 걸었다. 주위가 산들로 둘러싸인 분지 형태의 면적 322만 2001평방미터에 자리 잡은 대전현충원에는 군인, 경찰관, 애국지사, 국가사회공헌자, 소방관, 의사상자 등 10만여 명의 호국영령들이 잠들어 있다. 지나는 묘역마다 정갈하고 질서 있게 잘 관리되고 있었다. 안장식 때는 행사에 참석하느라 미처 돌아보지 못한 주위를 둘러보며 6묘역에 다다랐다. 반가움에 울컥한 마음을 달래며 비석 앞에서 그동안 부모님의 안부를 묻고 우리들의 안부를 전하며 기도를 드렸다. 음력설 연휴에도 코로나로 현충원 현장 참배가 중지된다는 통보를 받고 안장식 이후 오늘 처음 참배를 하게 되었다. 비석주위는 겨울을 지난 잔디가 이제 조금씩 생기를 찾고 바로 옆자리에는 새로운 유공자를 모실 준비를 하고 있었다. 부모님을 뵙고 싶을 때마다 언제나 구애 없이 찾아올 수 있는 날이 하루빨리 돌아오기를 기도하며 아쉬운 발길을 돌렸다.

보훈의 성지이며 우리 민족의 성역인 대전현충원은 한국의 전통미와 현대 감각과 조화를 이루고 자연경관을 최대한 보존하여 조성되었다. 금계포란형으로 마치 어머니의 품처럼 국가와 민족을 위해 헌신한 영혼들을 감싸주는 듯한 편안한 안식처다. 요즘 사회는 전염병으로 내일을 알 수 없을 만큼 불안하고 경제나 정치적으로도 매우 혼란스럽다. 조국에 대한 사명을 다하고 영광스러운 이곳에 잠든 영령들은 눈부신 봄 햇살을 받으며 한없이 평화롭게 보인다. '여기는 민족의 얼이 서린 곳, 조국과 함께 영원히 가는 이들, 해와 달이 이 언덕을 보호하리라.' 가슴 뭉클한 글이 새겨진 분

향소 앞에서 생전에 누구보다 나라를 걱정하시던 호국영령들께 고개 숙여 묵념을 드렸다. 오늘날 후손들이 당면한 여러 가지 어려움도 잘 헤쳐나갈 수 있도록 보살펴 주시기를 간절히 기도하고 대전 현충원을 떠나왔다.

봄바람 사연

정일주

봄바람이 싱그럽다. 온 세상을 공포로 몰아넣던 코로나가 정부의 방역정책 완화로 우울했던 삶에 생기가 솟아난다. 일상에 자리 잡은 가면을 오랜만에 벗고 산책하며 동산을 바라보니, 초목이 더욱 싱그럽고, 꽃도 더 아름답게 보인다. 내가 코로나에 감염되어 치료를 받을 때, 사망자가 급증하고 화장장과 안치실이 만원이라는 뉴스를 듣고는 생生을 걱정하며 밤잠을 설쳤다. 코로나 때문에 오랫동안 어머니를 뵙지 못했다, 코로나 퇴치 기념으로 제일 먼저 고향에 어머니를 찾아뵙기로 했다. 설레는 마음으로 고속버스를 타고 고향으로 향하는데, 코로나 퇴치 기념이라는 말이 떠올라 나도 모르게 빙그레 웃음이 나왔다.

고속도로를 달리는 버스에 앉아 차창 밖을 바라보니, 유년의 추억들이 스쳐 지나간다. 방학이면 고향으로 내려갈 때, 차창에 스쳐 가는 드넓은 들녘을 바라보며 부러워했었다. 우리 고향 마을은 칠갑산 근처로 농토는 밭이 많고 논은 거의가 천수답이 이었다. 봄바람이 불어오면 어머니는 이른 아침부터 보리밭으로 논으로 다니느라 하루해가 짧았다. 보리밭 김매기가 끝나면 못자리를 위해 마른 논으로 나가 온종일 두레질을 하셨다. 하늘에서 비를 내리지 않으면 어머니의 두레질은 무더운 여름에도 계속되었다. 가뭄에다 보릿고개가 시작되면 어머니의 마음은 더 타들어 갔다.

공휴일 이른 아침이었다. 어머니는 보리밭 김매러 가자고 하셨다. 나는 궁시렁대며 호미를 들고 서낭당 아래 보리밭으로 향했다. 보리밭을 둘러싸고 있는 동산에는 봄의 전령사인 진달래꽃이 만개하여 우리 모자를 반겨주었다. 어머니는 밭에서 호미질하다가 허리를 펴고는, 진달래꽃으로 붉게 물든 동산을 바라보면 모든 피로가 다 가신다고 하셨다. 보리밭 고랑에 풀을 뽑던 나는 어머니 말에 심통이 났다, "꽃을 보면 뭐, 피로가 풀린다고, 엄마! 왜 이러고 살아." 보리밭 김매기 싫다며 호미를 내 던지고 못된 성질을 부렸다. "엄마, 힘든 보리농사 짓 지마, 보리농사 안 지으면 굶어 죽어?" 소리치는 철부지 아들을 바라보며 어머니는 웬수라는 말끝에 긴 한숨으로 아픈 마음을 달래셨다.

밀개떡도 먹지 않고 심통을 부리며 진달래꽃을 따고 있는 나에게, "아들아, 맨날 허는 것두 아니잖여, 호미질이 그렇게 힘든 감? 흙밖에 모르는 엄니가 미운 겨? 호미질 힘들면 공부 열심히 혀. 이 세상에 노력하지 않고 얻어지는 것은 아무것도 업는 거여, 동산에 곱게 핀 진달래도 꽃을 피우기 위해 눈비 맞으며 엄동설한을 이겨 낸 겨, 고난과 역경을 이겨내는 사람이 성공하는 법 여. 엄니라고 오째 힘들지 안타냐. 엄니는 힘들어도 너희들 얼굴 보고 사는 겨." "엄마는 꿈이 뭔데?" 퉁명스럽게 내뱉는 내 말에 엄마는 짧게 말했다. "너희들 밥 굶기지 않고 학교 보내는 거여." 그때 나는 어머니의 말을 건성으로 흘려들었다.

해병대신병훈련소에서 훈련을 받을 때, 학창시절 보리밭에서 들려주신 어머니의 말이 들려와 혹독한 훈련을 이겨낼 수 있었다. 엄동설한, 새벽에 진해만의 바람은 세차게 불어왔다. 교관의 지시에 따라 알몸으로 바닷물에 들어가 목을 내놓고 어머니 은혜를 목 놓아 불렀다. 군에 입대하면 훈련병들은 모두 효자로 돌변한다. 하염없이 눈물을 흘리며 학창시절의 불효를 자책했다. "이 세상에 힘들지 않고 얻어지는 것은 아무것도 없다. 고난과 역경을 이겨내는 사람만이 성공할 수 있다"라는, 어머니의 말은 훗날 삶의 지표指標가 되었다.

과수댁寡守宅 소리 들으며 자식을 걱정하다 젊은 나이에 생生을 마감하신 어머니, 동산에 만개한 진달래꽃과 봉분封墳 앞에 고개 숙인 할미꽃이 불효자를 반겨준다. "엄마, 엄마도 할미꽃처럼 허리도 굽고 머리도 백발이겠지? 엄마, 오랜만에 와서 정말 미안해, 얼굴 가리고 오면 엄마가 몰라볼까 봐 이제 왔어." 잔설이 내린 아들 머리를 바라보며 엄마는 아들의 건강을 또 걱정하시겠지…. 그 옛날, 결혼하면 어머니를 모시려 했는데, 어머니는 아들의 간절한 소망을 외면하셨다. 살아 계실 때 효도를 다 하라는, 자욕양이친부대子欲養而親不待의 고사성어가 허허虛虛롭다.

동국시집 50호

꽁트

나무는 요술쟁이

이은집

"당신은 우리 아파트가 얼마나 좋은지 알우? 우선 유명인들이 산다구유!"……

다사다난했던 2022년도 송년의 길목에서 마누라가 건네오는 말이었다.

"으응? 우리 아파트는 문래동이라 나한테는 안성맞춤이지! 문래동을 한자로 쓰면 文來洞! 즉 문인이 오는 동네니까! 안그려?"

"오참! 듣구 보니 그렇네유! 암튼 문래역 전철에서 6.7분 거리이니, 교통 편리! 아파트 조경이 서울시내 3등을 받았다니 아름다운 아파트에! 한때 역사 TV 드라마의 대작가두 살구유! 이 지역 국회의원두 여기 살잖우?"

"으음! 내가 방송작가두 해서 태조 왕건을 쓴 그 작가, 잘 알구, 국회의원두 나랑 고등학교 근무를 함께 한 선생이 은사라서 덕택에 국회의사당 의원회관에 초대받아 점심 식사도 대접받았었지!"

"아유! 그까짓건 암것두 아뉴! 우리 아파트에 요술쟁이가 산단 말유!"

"에잉! 그건 또 뭔 뚱딴지같은 소리여? 우리 아파트에 요술쟁이가 산다니?"

마누라의 엉뚱한 소리에 내가 어이가 없어 바라보자, 마누라는 당장에 소파에서 일어서며 나에게 건네왔던 것이다.

"자! 따라와 보슈! 우리 아파트에 요술쟁이가 산다는 말이 진짠 가 아닌가?"

이리하여 나는 어이없게도 마누라를 따라 밖으로 나오게 되었는데, 글쎄 마누라가 우리 아파트단지를 한 바퀴 돌면서 이렇게 떠벌리는 게 아닌가?

"자아! 우리 아파트 동의 출입구를 나오면 화단에 목련나무가 있쥬? 지금은 잎까지 다 떨어져 휑한 나뭇가지만 섰지만 봄이 되면 맨 먼저 얼매나 소담스런 목련꽃을 피워유? 이런께 목련은 요술쟁이가 아니구 뭐유?"

그리고 다음엔 아파트 뒤쪽으로 끌고가 벚나무길을 길으며 늘어놓았다.

"자! 여기는 봄이면 흐드러지게 벚꽃이 피어 여의도 안 가두 벚꽃축제쥬! 또 저기 모과나무는 꽃두 고상하구 누렇게 익은 모과향은 또 워떼유?"

"음 당신 얘길 들으니 나무들이 정말 대단하네잉!"

"그뿐유? 봄에는 새싹이 아름답구, 여름엔 녹음이 울창해 시원한 그늘을 주구, 가을엔 단풍이요, 겨울엔 흰 눈을 뒤집어쓴 정원을 내려다보면 또 그 경치는 월매나 환상적이냔 말유?"

"오! 그래서 당신이 나무는 요술쟁이란 말이구먼! 듣고 보니 정말 그럴싸허네!"

"아유! 그럴싸가 뭐유? 증말루 사시사철을 두구 나무들은 우리 인간에게 꽃과 향기와 과일까지 주니, 그야말루 고마운 요술쟁이쥬!"

마누라의 이런 수다를 들으면서 순간 나에게는 어려서 내 고향 청양에 살 때 나무에 얽힌 추억이 떠올랐다.

"얘들아! 달밭산으로 으름 따 먹으러 가자!"

추석 무렵이면 우리들은 앞산, 뒷산, 옆산을 돌아다니면서 철마다 산머루, 아그배, 산밤, 산감 같은 산과일도 따먹었던 것이다.

"얘들아! 산에 가서 싸리버섯 따서 읍내장에 팔면 아주 비싸게 받는디야!"

그 시절에 우리들은 월사금에 보태려고 버섯이나 도라지도 캐러 다녔고, 창출이란 한약재를 캐러 갈 때는 누나들과 함께 가기도 했는데, 깊은 숲속에서 여자들을 보면 갑자기 100년 묵은 여우가 누나로 둔갑한 것이 아닐까? 오싹 등골에 소름이 돋기도 했던 것이다.

"누나! 혹시 사람 아니구 여우가 무덤에 열두 번 재주를 넘어서 사람으로 둔갑헌 것 아녀?"

그래서 심지어 나는 누나한테 이렇게 물었다가 혼구녕 나기도 했다

"뭣여! 이느무 새꺄! 너야말루 늑대가 둔갑해서 누나를 속이는 것 아녀? 어흥! 어서 너의 정체를 밝혀라!"

이때 누나가 오히려 이렇게 소리쳐서 나는 정말로 산속에 와서 나무들의 정령으로 어떻게 되게 아닌가 혼란에 빠지기도 했던 것이다. 내가 이런 고향에서의 나무에 얽힌 추억에 잠겼을 때 마누라가 아파트단지를 돌아 집에 들어오자 이렇게 속삭여 왔다.

"여보! 근디 아파트단지의 나무만 요술쟁이가 아니구, 우리집에 두 요술쟁이가 사는 것 알우?"

"으응? 뭣이 워째여? 우리집에도 요술쟁이가 살다니…?"

"아유! 내가 바루 당신에게 요술쟁이쥬! 내가 사글세 살던 당신한테 시집와서 전세루, 새집 장만이루 집을 옮겨, 이런 중대형 아

파트에 살게 됐쥬! 자식두 남매를 세트 맞춰 낳아 줬쥬! 당신을 고등학교 선생에 소설가루 문협 소설분과 회장까지 되게 온갖 내조를 다 했으닝께, 나야말루 요술쟁이가 아니냔 말유! 그류? 안 그류?"

동국시집 50호

약력

— 시 —

강경애 1992년 《시와비평》 등단. 시집 『내가 나를 부를 때마다』. 산문집 『삭제하시겠습니까』 『긴 악수를 나누다』 등 2권. 에세이포레 문학상, 한국시원 시문학상 수상.

강상윤 2003년 《문학과창작》 등단. 시집 『속껍질이 따뜻하다』 『만주를 먹다』.

강서일 1991년 《자유문학》 시, 《문학과의식》 평론 등단. 시집 『고양이 액체설』 등. 한국시문학상 등 수상.

강영은 2000년 《미네르바》 등단. 시집 『녹색비단구렁이』 『마고의 항아리』 『상냥한 시론』 외 4권. 시선집 『눈잣나무에 부치는 詩』 외 1권. 한국시문학상, 한국문협 작가상, 문학청춘작품상 등 수상.

고영섭 1989년 《시혁명》으로 작품활동 시작. 1999년 《문학과창작》 시, 2016년 《시와세계》 문학평론 등단. 시집 『몸이라는 화두』 『시절인연』 등. 평론집 『한 젊은 문학자의 초상』. 현대불교문학상, 한국시문학상 수상.

공광규 1986년 월간 《동서문학》 등단. 시집 『담장을 허물다』 『서사시 금강산』 『서사시 동해』 등. 윤동주상, 신석정문학상, 녹색문학상 수상.

기 혁 2010년 《시인세계》 시, 2013년 세계일보 평론 등단. 시집 『모스크바예술극장의 기립 박수』 『다음 창문에 가장 알맞은 말을 고르시오』. 제33회 김수영 문학상, 제19회 시인협회 젊은 시인상 등 수상.

김금용 1997년 《현대시학》 등단. 시집 『물의 시간이 온다』 『각을 끌어안다』『핏줄은 따스하다,아프다』 외 두 권. 번역시집 『문혁이 낳은 중국 현대시』 외 2권. 김삿갓문학상, 동국문학상, 펜번역문학상 등 수상.

김미연 2010년 《시문학》 시, 2018년 《월간문학》 시조, 2015년 《월간문학》 문학평론 등단. 시집 『절반의 목요일』『지금도 그 이름은 저녁』. 평론집 『이미지와 서정의 변주』. 제5회 시예술아카데미상 수상.

김밝은 2013년 《미네르바》 등단. 시집 『술의 미학』『자작나무숲에는 우리가 모르는 문이 있다』. 시예술아카데미상, 심호문학상 수상.

김상미 2002년 《현대수필》 수필, 2008년 《시와세계》 시 등단. 시집 『반사거울』. 수필집 『바다가 앉은 의자』 외 4권. 구름카펜문학상, 산귀래문학상, 박재삼문학상, 신라문학상 수상.

김선아 2011년 《문학청춘》 등단. 시집 『얼룩이라는 무늬』『하얗게 말려 쓰는 슬픔』. 제3회 김명배문학상 대상. 2023년 한국문화예술위원화 문학나눔 우수도서 선정.

김애숙 2021년 《문학과예술》 등단.

김운향 1987년 《표현》 시, 2018년 《월간문학》 평론 등단. 시집 『구름의 라노비아』. 소설집 『바보별이 뜨다』 등. 종로문학상, 한국농민문학상 대상 수상.

김윤숭 2011년 《우리시》 등단. 저서 『지리산문학관문창궁』.

김윤하 2000년 《문학과의식》 등단. 시집 『나의 붉은 몽골여우』『북두칠성 플래시몹』『물 속의 사막』. 한국시문학상 수상.

김인수 2021년 《월간문학》 등단.

김종경 2008년 《불교문예》 등단. 시집 『기우뚱, 날다』『저물어 가는 지구를 굴리며』.

김진명 2017년 《한국문학예술》 시, 2021년 《월간문학》 소설 등단. 시집 『빙벽』『생땅의 향기』 등. 타고르문학상 작품상(시부문), 윤동주탄생백주년기념문학상 우수상, 제6회 아산문학상 금상(소설부문) 등 수상.

김창범 1972년 《창작과비평》 등단. 시집 『봄의 소리』 『소금창고에서』 『노르웨이 연어』 『해질녘 강가에 앉아』 『버들치를 찾아서』 등. 동국문학상 수상.

김창희 1999년 《시대문학》 등단. 시집 『짧게 혹은 길게』. 완독연구서 『어린이를 기다리는 동무에게』. 한국시문학상, 한국시학본상, 숲속시인상 수상.

김춘식 1992년 세계일보 신춘문예 평론 당선, 2002년 무크《시힘 01》에 시 발표. 평론집 『불온한 정신』 등. 제4회 젊은평론가상 수상.

김현지 1988년 《월간문학》 등단. 시집 『꿈꾸는 흙』 『그늘 한평』 외 4권. 동국문학상, 시인들이 뽑는 시인상 수상.

동시영 2003년 《다층》 등단. 시집 『마법의 문자』 등 9권. 산문집 『문학에서 여행을 만나다』 등. 저서 『현대시의 기호학』 『한국문학과기호학』 등. 시와시학상, 동국문학상, 박종화문학상 등 수상.

문봉선 1998년 《자유문학》 등단. 시집 『독약을 먹고 살 수 있다면』 외 4권. 제1회 한국현대시인협회 신인작품상 수상.

문 숙 2000년 《자유문학》 등단. 시집 『단추』 『기울어짐에 대하여』 『불이론』. 현대불교문학상 수상.

문정희 1970년 《월간문학》 등단. 시집 『찔레』 『아우내의 새』 『응 』 등. 동국문학상, 현대문학상, 소월문학상 등 수상.

문효치 1966년 서울신문, 한국일보 신춘문예 당선. 시집 『무령왕의 나무새』 『왕인의 수염』 『모데미풀』 『어이할까』 등. 시조집 『나도바람꽃』. 김삿갓문학상, 신석정문학상, 정지용문학상, 한국시협상 등 수상.

박진호 2011년 《문파》 등단. 시집 『함께하는』.

박판식 2001년 《동서문학》 등단. 시집 『밤의 피치카토』 『나는 나와 어울리지 않는다』 『나는 내 인생에 시원한 구멍을 내고 싶다』. 김춘수 시문학상, 동국문학상 수상.

서정란 1992년 동인지 발표와 함께 작품활동 시작. 시집 『클림트와 연애를』, 『꽃구름 카페』 외 5권. 동국문학상, 한국문학백년상 수상.

서정혜 2006년 《문예운동》 등단. 『나무도 가끔 허리를 편다』 『물푸레나무로 서다』 『그곳에 가자』 『새벽투망』 『봄은 비를 먹으며 온다』 『여섯 개의 변주』(한영대역시집, 공저) 등.

석연경 2013년 《시와문화》 시, 2015년 《시와세계》 문학평론 등단. 시집 『독수리의 날들』 『푸른 벽을 세우다』 『둥근 거울』 『우주의 정원』 등. 평론집 『생태시학의 변주』. 송수권시문학상 젊은시인상 수상.

수피아 2007년 《시안》 등단. 시집 『은유의 잠』.

신경림 1956년 《문학예술》 등단. 시집 『농무』 『가난한 사랑노래』 『길』 『쓰러진 자의 꿈』. 장시집 『남한강』. 평론 다수. 만해문학상, 한국문학작가상, 이산문학상, 단재문학상 등 수상.

심봉구 《문학시대》 시, 《창작수필》 수필 등단. 〈사학연금〉에 꽁트 연재. 창작수필작품상, 한반도문학 최우수상 수상.

양안다 2014년 《현대문학》 등단. 시집 『백야의 소문으로 영원히』 『숲의 소실점을 향해』 『천사를 거부하는 우울한 연인에게』 등.

오희창 1997년 《수필문학》 수필, 1998년 《문예사조》 시 등단. 시집 『불꽃 한 송이』 『날고 싶다』 『오래되어야 좋다』 등. 수필집 『아들 하나 점지하고 오게나』 등. 월간문학상, 불교문학대상, 서포문학대상 등 수상.

유병란 2014년 《불교문예》 등단. 시집 『엄마를 태우다』.

윤고방 1978~1982 《현대문학》, 《한국문학》 시 등단. 시집 『바람 앞에 서라』 『낙타와 모래꽃』 『쓰나미의 빛』 등. 경기문학상, 한국문학인상, 동국문학상 등 수상.

윤재웅 1979년 제1회 만해백일장 대상 수상. 1991년 세계일보 신춘문예 문학평론 당선.

윤 효 1984년 《현대문학》 등단. 시집 『햇살방석』 『참말』 『배꼽』 등. 시선집 『언어경제학서설』. 편운문학상, 영랑시문학상, 풀꽃문학상, 유심 작품상 등 수상.

은이정 2023년 《시와경계》 등단.

이 령 2013년 《시를사랑하는사람들》 등단. 시집 『시인하다』 『삼국유사 대서사시-사랑편』. 제10회 경주문학상, 제2회 시산맥시문학상 수상.

이서연 1991년 《문학공간》 시, 2019년 《문학과의식》 평론 등단. 시집 『산사에서 길을 묻다』 『내 안의 그』 등. 수필집 『그리움으로 가는 편지 전 3권』 등. 제13회 한국문학백년상 등 수상.

이순희 2002년 《심상》 등단. 시집 『꽃보다 잎으로 남아』. 가곡 독집 『어 디로 가는 가』 『아무島』. 「그냥」 「산 그림자」 등 시를 가곡으로 발표. 동 국문학상, 애지문학상, 한국 창작 문학상 대상 수상.

이어진 2015년 《시인동네》 등단. 시집 『이상하고 아름다운 도깨비 나 라』(2023우수콘텐츠선정) 『사과에서는 호수가 자라고』(2023우수콘 텐츠선정).

이영경 2023년 《신문예》 등단. 시집 『눈꽃』 등.

이용하 2019년 《문학과창작》 등단. 시집 『너는 누구냐』.

이윤학 1990년 한국일보 신춘문예 당선. 시집 『나를 위해 울어주는 버 드나무』 『나보다 더 오래 내게 다가온 사람』. 산문집 『시를 써봐도 모 자란 당신』 등. 김수영문학상 등 수상.

이이향 2016년 계간 《발견》 등단. 시집 『우리는 정말 서로를 모릅니다』. 엔솔로지 『목이 긴 이별』. 여성조선 문학상 대상, 발견작품상 수상.

이혜선 1981년 《시문학》 추천. 시집 『흘린 술이 반이다』 『새소리 택배』 등. 저서 『이혜선의 시가 있는 저녁』 『아버지의 교육법』 등. 세종도서 문학나눔(2016). 윤동주문학상, 동국문학상 등 수상.

임보선 1991년 《월간문학》 등단. 저서 『내 사랑은 350℃』 『솔개여, 나 의 솔개여』 『청소년을 위한 사랑시 모음』. 제29회 동포문학상, 장금생

문학상 수상.

장순금 1985년 《심상》 등단. 시집 『얼마나 많은 물이 순정한 시간을 살까』 『낯설게도 다정해라』 등. 동국문학상, 한국시문학상 수상. 경기문화재단 우수작가 선정.

정민나 1998년 《현대시학》 등단. 시집 『E 입국장, 12번 출구』 『협상의 즐거움』 등. 시론집 『정지용 시의 리듬양상』 『파동이 신체를 주파한다』. 비평집 『유동과 생성의 문학』.

정병근 1988년 계간 《불교문학》 등단. 시집 『오래전에 죽은 적이 있다』 『번개를 치다』 『태양의 족보』 『눈과 도끼』 『중얼거리는 사람』. 제1회 지리산문학상 수상

정숙자 1988년 《문학정신》 등단. 시집 『공검 & 굴원』 『액체계단 살아남은 니체들』 등. 산문집 『행복음자리표』 『밝은음자리표』. 동국문학상, 김삿갓문학상 등 수상.

정우림 2014년 《열린시학》 등단. 시집 『살구가 내게 왔다』 『사과 한 알의 아이』.

정윤서 2020년 《미네르바》 등단.

정재율 2019년 《현대문학》 등단. 시집 『몸과 마음을 산뜻하게』 『온다는 믿음』. 만중문학상 신인상 수상.

정지윤 2015년 경상일보 시, 2016년 동아일보 시조 당선. 2014년 《창비어린이》 동시 등단. 시집 『나는 뉴스보다 더 편파적이다』. 시조집 『참치캔 의족』. 동시집 『어쩌면 정말 새일지도 몰라요』.

정희성(鄭羲成) 필명 정희언. 1993년 《현대시》 등단. 시집 『중섭 아재처럼』 등. 동국문학상 수상.

조병무 1965년 《현대문학》 등단. 문학평론집 『가설의 옹호』 등. 시집 『꿈 사설』 『숲과의 만남』 등. 수필집 『내 마음 속의 숲』 등. 현대문학상, 윤동주문학상, 국제펜문학상, 녹색문학상 등 수상.

조철규 1980년 불교신문 신춘문예 당선. 시집 『가난한 행복』.

주선미 2004 《홍주문학》, 물앙금동인으로 작품활동 시작, 2017 《시와 문화》 등단. 시집 『플라스틱 여자』 『지도에 없는 방』 외 3권. 시와문화 젊은 시인상 수상.

주원규 1977년 《현대문학》 등단. 시집 『切頭山 시편』 『문득 만난 얼굴』 한·영대역6인시집 『여섯 개의 변주』 등. 은평문학상대상, 한국기독시문학상본상, 청하문학상본상, 한국문학100년상 등 수상.

지연희 1983년 《월간문학》(수필), 2003년 《시문학》(시) 등단. 시집 『메신저』 『숨결』 외. 제30회 동국문학상, 제12회 조경희수필문학상, 제58회 한국문학상 수상.

차옥혜 1984년 《한국문학》 등단. 시집 『비로 오는 그 사람』 『말의 순례자』 『호밀의 노래』 등. 경기펜문학대상, 산림문학상, 현대시인협회상 등 수상.

최병호 2021년 《열린시학》 등단. 한국작가회의 회원.

최 원 1960년 조선일보 신춘문예 당선. 시집 『일요일 그 아침에 』 『푸른 노을 』 등.

허진석 1985년 《현대시학》 등단. 시집 『타이프라이터의 죽음으로부터 불법적인 섹스까지』 『X-레이 필름 속의 어둠』 『아픈 곳이 모두 기억난다』. 제33회 동국문학상, 제23회 한국시문학상 수상.

홍사성 2007년 《시와시학》 등단. 시집 『내년에 사는 법』 『고마운 아침』 『터널을 지나며』 『샹그릴라를 찾아서』 등. 제55회 한국시인협회상 수상.

휘 민 2001년 경향신문 신춘문예 시, 2011년 한국일보 동화 당선. 시집 『온전히 나일 수도 당신일 수도』 『생일 꽃바구니』. 동시집 『기린을 만났어』. 동화집 『할머니는 축구 선수』 등.

― 산문 ―

서한숙 2002년 《한국수필》로 등단. 수필집 『사람꽃이 피었습니다』『침묵의 변』『거꾸로 가는 시간』. 순리문학상 수상.

신상성 1979년 동아일보 소설 등단. 소설집 『목불』『인도향』『회귀선』등 50여 권. 제15회 경기도문화상, 제10회 동국문학상 등 수상. 홍조국가교육훈장(교육부).

유혜자 1972년 《수필문학》 등단. 수필집 『자유의 금빛날개』『손의 온도는』 등 12권. 음악에세이 『음악의 페르마타』 등 6권. 현대수필문학상, 조경희수필문학상, 조연현문학상, 김태길수필문학상 등 수상.

이경철 1990년부터 《현대문학》 등 문예지에 평론 발표, 2010년 《시와시학》 시 등단. 시집 『그리움 베리에이션』. 저서 『천상병, 박용래 시 연구』『미당 서정주 평전』『현대시에 나타난 불교』『허무의 꽃』 등.

이명지 1993년 《창작수필》 등단. 수필집 『중년으로 살아내기』『헤이, 하고 네가 나를 부를 때』『육십, 뜨거워도 괜찮아』. 제32회 동국문학상, 제6회 창작수필문학상 수상.

이신백 2010년 《수필시대》 등단, 대통령상, 문교부장관상, 농림수산부장관상, 문화체육부장관상, 서울시장상, 86서울아시안게임조직위원장상, 88서울올림픽기장 등 수상.

이흥수 2014년 계간 《문파문학》 등단. 수필집 『소중한 나날』. 제 19회 세계문학상 수필 부문 본상 수상.

정일주 1999년 《시대문학》 수필, 2019년 《스토리문학》 시 등단. 저서 『창문』『문향』 등 공저.

— 꽁트 —

이은집 1971년 창작집 『머리가 없는 사람』으로 작품활동 시작. 저서
『후예』『학창보고서』 『스타탄생』『통일절』『한국인 멸종』『청산별곡』
등 35권. 혜세문학상, 여수해양문학상, 한국문인상 등 수상.

동국문학인회 역대 회장

서정주(徐廷柱) 1979~1980년(시. 작고)

이원섭(李元燮) 1981~1982년(시, 작고)

황　명(黃 命) 1983~1984년(시, 작고)

송　혁(宋 赫) 1985~1986년(시, 작고)

강　민(姜 敏) 1987~1988년(시, 작고)

이형기(李炯基) 1989~1990년(시, 작고)

송원희(宋媛熙) 1991~1992년

송원희(宋媛熙) 1993~1994년

홍기삼(洪起三) 1995~1996년

조상기(趙商箕) 1997~1998년(시, 작고)

문효치(文孝治) 1999~2000년

홍신선(洪申善) 2001~2002년

박제천(朴堤千) 2003~2004년

박제천(朴堤千) 2005~2006년

박제천(朴堤千) 2007~2008년

이상문(李相文) 2009~2010년

이원규(李元揆) 2011~2012년

류재엽(柳在燁) 2013~2014년

이혜선(李惠仙) 2015~2016년

이혜선(李惠仙) 2017~2018년

장영우(張榮愚) 2019-~2021년

김금용(金金龍) 2022년~

동국문학인상 역대 수상자

2005년 동국문학인상 강민(시, 작고)
2006년 동국문학인상 최제복(시, 작고)
2007년 동국문학인상 송원희(소설)
2011년 동국문학인상 홍기삼(평론)

동국문학상 역대 수상자

제1회(1988년)   신경림(시)
제2회(1989년)   김문수(소설, 작고)
제3회(1990년)   조정래(소설)
제4회(1991년)   박정희(시), 송 도(수필)
제5회(1992년)   박제천(시), 이상문(소설)
제6회(1993년)   김규화(시), 정채봉(동화, 작고)
제7회(1994년)   문효치(시), 이원규(소설)
제8회(1995년)   홍신선(시), 김용철(소설), 윤형두(수필)
제9회(1996년)   김정웅(시), 이계홍(소설)
제10회(1997년)   조상기(시, 작고), 신상성(소설), 조병무(평론)
제11회(1998년)   홍희표(시, 작고), 이국자(소설, 작고)
제12회(1999년)   정의홍(시, 작고), 호영송(소설)
제13회(2000년)   박진환(평론)

제14회(2001년) 문정희(시)

제15회(2002년) 박 찬(시, 작고)

제16회(2003년) 강희근(시), 김강태(시, 작고)

제17회(2004년) 신용선(시, 작고), 송정란(시)

제18회(2005년) 신규호(시), 이경교(시, 평론)

제19회(2006년) 윤제림(시), 류재엽(평론)

제20회(2007년) 하덕조(시), 유혜자(수필)

제21회(2008년) 이윤학(시), 장영우(평론)

제22회(2009년) 장순금(시), 류근택(시)

제23회(2010년) 공광규(시), 정찬주(소설)

제24회(2011년) 이혜선(시), 박혜경(평론)

제25회(2012년) 고명수(시), 허정자(수필)

제26회(2013년) 김금용(시), 박성원(소설)

제27회(2014년) 허혜정(시), 유한근(평론)

제28회(2015년) 서정란(시), 정희성(시)

제29회(2016년) 이순희(시), 송희복(평론)

제30회(2017년) 김현지(시), 이우상(소설), 지연희(수필)

제31회(2018년) 윤고방(시), 윤효(시), 이경철(평론)

제32회(2019년) 정숙자(시), 동시영(시), 이명지(수필)

제33회(2020년) 허진석(시)

제34회(2021년) 김창범(시), 김택근(수필), 성낙주(수필)

제35회(2022년) 윤고은(소설)

제36회(2023년) 박판식(시)

동국시집 제50호

푸른 생채기

| 종이책 발행 | 2023년 11월 30일 |
| 전자책 발행 | 2023년 11월 30일 |

엮은이	동국문학인회(회장 김금용)
펴낸이	고미숙
펴낸곳	쏠트라인saltline

| 등록번호 | 제 452-2016-000010호 2016년 7월 25일 |
| 이메일 | saltline@hanmail.net |

| 인쇄처 | 정일문화 02-2274-5508 |
| 배포처 | 도서총판 운주사 02-953-7181 |

| ISBN | 979-11-92139-45-6 (03810) |
| 값 | 12,000원 |